新潮文庫

夏の祈りは

須賀しのぶ著

新潮社版

10757

目次

夏の祈りは

第一話　敗れた君に届いたもの

1

悲願である、と言われ続けた。

「ツーアウト！」

人差し指と小指を立てて、香山始《かやまはじめ》は高々と手をあげた。グラウンドの選手が次々と同じ動きで、確認しあう。

九回裏、二死。走者なし。試合終了まであとひとり。3―1。二点差で北園《きたぞの》高校リード。ほぼ安全圏だが、油断はできない。

野球は九回ツーアウトから。よく言われる言葉だが、十年近い野球人生で痛いほど身にしみている。安心した直後に手痛いサヨナラ負けを喫したことは一度や二度ではない。

ましてこのバカみたいな暑さだ。七月末の太陽は、もう人を殺しにかかっているとしか思えない。二時間もグラウンドに立っていると、頭に霞《かすみ》がかかってくる。後半になればなるほど、気を引き締めるべく、始は鬱陶《うっとう》しがられるぐらい頻繁に声をかけるようにしていた。

「しまっていこう！　佐々木、頼むぞ！」

マウンドに立つエースの佐々木に声をかける。1のゼッケンをつけた彼は、身長のわりに妙に長い手を軽くあげた。全体的に細い体つきだが、見た目に反してスタミナはある。持ち味のコントロールも、まだ鈍っていない。

あとひとり。頼む。本当に、頼むぞ。サードから祈るように、背番号1を見る。

頭上からは殺人光線、干からびた土からはむせかえるような熱気。そして背後はがなりたてる三塁側スタンド。この県営大宮球場は三塁側だけに二階席があって、対戦相手の埼玉暁《ぎょうくう》空学院の応援団がこれでもかとばかりに太鼓を打ち鳴らし、声を張り上げている。彼らも必死だ。あと一人で、この夏が終わってしまうのだから。

佐々木が投球動作に入る。力みのない、いいフォームだ。

バッターボックスの打者は、思い詰めたような表情で、思い切り振った。くぐもった音がした。

（決まった）

白球は高く、高く舞い上がる。

始はレフト方面へと動いた。力はないが、予想以上に高くあがったボールがふらふらと落ちてくる。構えたグラブに、乾いた音とともに確かな感触。その瞬間、それまで沈黙を保っていた一塁側から、爆発するような歓声があがった。

同時に、グラウンドに充《み》ち満ちていた見えざる糸が、ぷつりと切れた。内外野に散っていた選手たちが、皆飛び跳ねるようにして走ってくる。始もようやく呼吸の仕方を思い出したような気分になって、ユニフォームの胸もとをつかみ、大きく息を吸った。

ホームベース前に整列し、ゲームセットの声とともにサイレンが鳴る。

「ベスト4おめでとう！」

「すごぉい！　野球部かっこいい‼」

「もう優勝するしかねえじゃん！」

スタンドの前に挨拶《あいさつ》に走ると、万雷の拍手とともに、雨のように歓喜と祝福の声が降り注いだ。

観客席を占める野球部員、夏服姿の生徒たち。夏休みということもあって一般生徒も駆り出されており、大変な数だ。その近くには、北園高校のスクールカラーである濃紺のTシャツを着た父母会、およびOB会が陣取っている。

「ありがとうございました!」

始が声をはりあげると、選手たちは帽子を脱ぎ、いっせいに頭を下げる。再び拍手がわき起こる。

「悲願の甲子園まであと二つ! ここからだぞ! 気ィ抜くな!」

ががらの胴間声は、おそらくOB会会長の冨田《とみた》だ。OBは総じて声が大きいが、かつて主将をつとめていたという冨田の声はひときわ特徴的でよく響く。

「抜いてねぇよ」

頭を下げたまま、始は小声でつぶやいた。


部室の扉を開けて、まっさきに目につくところに、その写真はある。

窓と天井の間のスペースにずらりと並んだ集合写真は、五つ。ほとんどカラーだが、中央にあるものだけが、白黒だった。

〃昭和三十三年七月三十日　県立北園高校野球部　第四十回全国高等学校野球選手権埼玉大会準優勝〃

写真の下には、そう書いてある。最前列に陣取る選手たちは皆、胸にメダルをさげていた。冨田主将とおぼしき大柄な選手は表彰状、隣の選手は準優勝盾をもっている。白黒だから色は不明だが、今と同じならば、メダルは銀、リボンは紺色だろう。

埼玉大会準優勝。これが、北園高校の最高成績である。ちょうど三十年前にあたる。

この第四十回大会決勝は大熱戦で、延長十八回にして多和《たわ》工業に負けた。三十年前のことなので本来ならば始が知りようもないが、まるで自分が体験したように全《すべ》てのイニングを熟知しているのは、この試合に出た元球児たちが現在五十手前の脂《あぶら》ののりきっている年齢で、ＯＢ会でも中核をなす世代であり、ことあるごとに自分たちの青春の頂点について語るからだ。

その偉大な先輩方は、必ず最後にこう言う。

「甲子園出場は、北園野球部――いや北園高校の悲願だ。どうか必ず、君たちの代で果たしてほしい」

かたく握手をしながら、親しげに肩をたたかれながら。中には、涙ぐんで話す者もいた。

四十回大会の年は、北園高校創立三十周年にもあたっていたという。そして今年——昭和六十三年は、第七十回大会および創立六十周年にあたる。

入学するまで始は全くそんなことを知らなかったので、野球部に来るなり、矢部《やべ》監督に「この記念すべき世代である君たちに」と長々と語られた時はなにごとかと思ったものだった。だがよく見れば、二十一人いた入部希望者の中の半数以上が、中学時代に名の知れた選手だった。公立校ゆえ、私立のように目立つ選手を片っ端から入学させるような荒業《あらわざ》はできないものの、非公式のセレクションは行っていたらしい。弱小中学野球部の主将にすぎなかった始にはもちろんそんな接触があるはずもなく、ごく普通に入試を受けて合格し、ごく普通に体験入部を経て野球部に入ったので、驚いた。

始が北園高校を選んだのは、進学校かつ野球でも強豪として名が知れていたからだ。八歳から野球をはじめた彼には甲子園への強い憧《あこが》れがあったし、せっかく高校で野球をやるのなら、「甲子園」という文字がまったくの夢ではないところで汗を流したかった。

だがまさか、甲子園行きがほぼ宿命づけられている年に入り込んでしまうとは思わなかった。

今年こそ優勝を。悲願を果たせ。

入学した時から、耳にタコが出来るほど言われ続けた。当時の選手たちに。優勝に全く縁の無かった世代に。監督に。部長に。校長に。学校近くの雑貨屋の店主にまで。

「悲願か」

モノクロの世界の中、笑っているような怒っているような、なんとも微妙な顔で写る球児たちの姿を見て、始はつぶやいた。

六十周年。

あと二回勝てば。甲子園出場を果たせば。自分たちの色鮮やかな写真が、この不鮮明なモノクロにとってかわる。

三十年間、この座を譲らなかった彼らを蹴落《けお》とし、ここで何十年も、後輩たちを見つめ続けることになるのだ。

去年の夏、五十八代目の主将に選出された日、皆が練習を終えて帰宅してからも、始はじっと部室に佇《たたず》み、この写真を見ていた。

そして今日も、静まりかえった部室で、三十年前の呪《のろ》いと対峙《たいじ》している。

「明日はいよいよ準決勝です」

始は言った。

時計の針は、七時を指そうとしていた。いつもならばまだ練習をやっているところだが、今日は試合があったし、明日は第一試合なので早めに解散となった。

さきほどまでかけ声や打球の音がひっきりなしに響いていたグラウンドは静まりかえり、夕闇《ゆうやみ》の底に沈んでいる。

プレハブの部室は白々とした蛍光灯に照らされているおかげで、窓からはもう何も見えない。もし外からこちらをのぞいている者がいたら、窓に向かって直立不動で何か喋《しゃべ》っている不審者にしか見えないだろう。

「明日の相手は溝口《みぞぐち》高校。同じ公立、同じノーシードでここまで勝ち上がってきた相手です。固い守備から攻撃のリズムをつくるプレースタイルも同じです。ですが、今までの練習の成果を出せれば勝てると確信しています。明日は、北園伝統の全員野球で、最後まで精一杯プレーします。どうぞ応援よろしくお願いします！」

勢いよく言って、頭を下げる。

歓声と拍手が聞こえた気がした。実際、今日の試合の後、球場を出るなり父母会とOB会に囲まれたので、そっくり同じ挨拶をして、喝采《かっさい》を浴びた。

そうだ、北園の野球をすれば勝てるぞ。さすがキャプテン、しっかりしている。

等々、賞賛も頂いた。

始は頭を上げた。

「明日は勝ちます。絶対に。これで先輩たちに並びます」

ここから先は、昼には言わなかったことだ。キャプテンらしい笑顔のまま、写真を睨《にら》みつける。

「明後日の決勝も当然、勝ちます。俺たちは必ず甲子園に行きます。でもそれは、あんたたちのためじゃない」

――悲願悲願うっせーんだよ、そんなにヒガン好きなら彼岸にでも行ってろ。

あれは春の大会だったと思う。早々に負けて意気消沈して学校に戻ってきたチームを出迎えたのは、OB会の叱責《しっせき》だった。たるんどる、こんな状態では悲願が果たせないなどなど、疲れ果てているところにずいぶん長い時間説教され、彼らが帰った後、三年生の一人がぼそりと吐き捨てた。途端に、部室は爆笑の渦に包まれた。不謹慎な言い草だし、始は主将としてたしなめはしたが、正直言って胸がすっとした。

もちろん、OB会には感謝している。彼らの援助がなければ専用のグラウンドや、台風が来たら吹っ飛びそうなプレハブの部室でも存在しなかっただろうし、遠征だってこんなにできなかった。彼らがたゆまず努力してきたからこそ、北園高校は強豪という名の信頼を得ていることも承知している。

しかし、今年はいかんせん口を出しすぎるのだ。悲願の甲子園に最も近いチームになったということもあってはりきっているのはわかるが、矢部監督の采配や、ベンチ入りメンバーについても好き放題に「忠告」してくれる。監督や部長がいらつくせいで、チームの雰囲気も最悪だった。

その結果、北園高校は今年の夏、ノーシードで大会を迎えることとなった。期待された世代でありながら、秋は県大会ベスト16で終わり、春に至ってはエース佐々木の乱調もあり二回戦敗退という有様で、監督部長ふくめ野球部全員がOB会からキツいお叱《しか》りを受けたのだった。

「準優勝したからって、いつまでもデカい顔しないでくれ。三十年前なんて、参加校だって今よりずっと少ない。今年なんか百六十校だ。史上最多だ。先輩たちの時代とはもう全然違う。俺たちは、俺たちの野球で甲子園に行ってみせる」

今思えば、OB会の説教は必要なスパイスだったのかもしれない。あれがなければ、ノーシードから五回勝ち抜き、準決勝まで辿《たど》りつくことはなかったかもしれない。

「あと二日で、俺たちの天下だ。本当の北園野球を見せてやる！」

高らかに宣言すると、胸がすっとした。

鞄《かばん》を肩からさげ、蛍光灯を消すと、一礼して部室を出る。しっかり鍵《かぎ》をかけて、監督のもとに返しに行くと、矢部は疲れた顔で右手をあげた。

「おう、ごくろうさん。体調は問題ないか？　今日は、帰ったら早く寝ろよ」

「万全です。今日はストレッチだけして休みます」

「ああ、それがいい。明日は頼んだぞ、キャプテン」

練習中は鬼そのものだが、普段の矢部監督は温和で語り口調も柔らかい。授業でしか知らない生徒が、野球部のグラウンドから響く怒声が矢部のものだと知って仰天するぐらいだ。

あまりに怒鳴られて腹が立つこともあるが、始は彼を尊敬していたし、今では同情もしている。伝統校の監督というのは、大変だ。まだ始たちが一年生のころは、監督ももっと自由にやっていた気がするが、去年からはＯＢ会や父母会、学校側、あらゆる方向から圧力を受けてしんどそうだった。

「任せてください。明後日、ＯＢの方々の前で監督を必ず胴上げしますから」

始の言葉に、矢部は驚いたように目を瞠《みは》った。それはすぐに気恥ずかしそうな笑みに変わり、だいぶたるんだ腹を勢いよくたたく。

「最近ビール飲みすぎて腹がますますやばいんだよ。落とすなよ？」

「今日明日でできるだけ痩《や》せておいてください」

「無茶言うな。四十過ぎると生半可なことじゃ落ちないんだって」

「やればできるって監督いつも言ってるじゃないですか」

「十代は可能性の塊だからな。俺もう折り返し過ぎてるからな!」

わはは、と狸《たぬき》よろしく腹を叩き続ける監督を見て、少しほっとした。多少でも気が晴れたならよかった。安堵《あんど》が顔に出ていたのだろう、矢部は笑って目を細めた。

「香山は本当によく気がつくな」

「……いえ、準決勝なんてはじめてで、俺もかなり緊張しているので」

「だよなあ。俺も久しぶりだわ。ま、今までやってきたことをやれば大丈夫だ! 今日はなんも考えずにぐっすり寝ろ」

「はい。ありがとうございます。監督もお気をつけて」

頭を下げて、職員室を出る。

誰もいない廊下を照らす蛍光灯は、寒々しい。こういう光を浴びていると、昼はあれだけうんざりする陽光が懐《なつ》かしくなるのが、不思議だった。

2

電車を二回乗り換え、約四十分。最寄り駅から五分ほど自転車をこげば、やたらいい匂いの漂う我が家にたどり着く。

居間の卓袱台《ちゃぶだい》の大半を占めるのは、大皿に載った唐揚げだ。文字通り山盛りである。その横にこれまた山のようなポテトサラダに筑前煮。お揚げと豆腐の味噌汁。ポテトサラダ以外は好物ばかりで自然と頬がゆるむ。

両親と共に食卓につき、いただきますと両手を合わせた直後、玄関の外で自転車のスタンドを止める音がした。

「ただいまー！」と元気な声が響き、ばたばたと廊下を駆ける音が響く。足音は一度洗面所のほうに向かい、しばらくするとこちらに向かってきた。

「あーもー、おなかへった！」

やたら黒い物体が部屋に飛び込んできた。妹の美絵《みえ》だ。耳もあらわなショートカット、姑に負けず劣らず真っ黒に灼《や》けた肌。

彼女は大きな目をぎょろりと姑に向けて、もっと大きく見開いた。

「うわアニキが先に帰ってるなんて珍しい。明日準決勝なのに余裕じゃない？」

「試合前にあまり長く練習をやっても、疲労がたまるだけで効率が悪い」

するると美絵はむっとした顔をした。

「ふーん。やっぱアタマいい学校はちがうね。うちは効率とか考えないでとにかくがむしゃらにやるだけですけどね〜」

「それぞれでいいだろ、いちいちつっかかんな」

「ナチュラルに見下してくるアニキが悪いよ。はいはい北園は頭よくて野球も強いねすごいですぅ〜」

「……メシの前に風呂入ってこい、おまえすっげぇくせぇ」

「うっそ、エイト・フォーふきまくってきたのに」

「だからそれが臭いんだよ無香料にしろ！　煮物の味わかんなくなるだろ！」

「げっ、しいたけ。お母さ〜ん、これヤダって言ったじゃん」

美絵は涙目で、さきほど席を立って台所に向かった母へ声をはりあげた。

「お兄ちゃんが好きだからねえ。明日、準決勝だしね」

のれん越しに、暢気《のんき》な声が返ってくる。美絵は芝居がかった仕草で叫んだ。

「お母様ひどい！　わたくしも準決勝なんですが！　このクソアニキと対戦するんで

すけどー!?」

一つ年下の美絵は、明日の準決勝の相手、県立溝口高校野球部のマネージャーだ。

まったくふざけた話だと思う。兄弟対決なんてものはよくある話だ。しかし兄妹というパターンはあまりないのではないだろうか。

野球部に女子マネージャーがいることは今では当たり前だ。とはいえ女子マネの公式戦のベンチ入りを許している学校はまだまだ少ない。

埼玉高野連は記録員としての女子部員のベンチ入りを許可している。一方、同じ関東圏でも東京、神奈川、千葉、栃木あたりは不可となっている。埼玉では学校ごとの判断に任せており、強豪になればなるほど女子は不可としているところが多く、北園高校も女子の入部は認められていなかった。

一方、県立溝口高校は女子マネージャーがベンチ入りしているだけではなく、去年の秋に練習試合をした時にはコーチャーとして出て来たので、度肝を抜かれた。しかもそれが、一年生の美絵だった。始のポジションはサードなので、三塁コーチャーに美絵が入った時は最悪だった。

「おっアニキじゃーん、がんばってるー?　お手柔らかにね!」

と元気いっぱいに叫ばれた時には、全力で妹を穴に埋めたくなった。周囲の——主に仲間からの視線があんなに辛《つら》かったことはない。大事なところでエラーした時の非難の視線のほうがまだマシだった。

なぜ他にも部員がいるのにマネージャーのおまえがコーチャーをやるんだと問いつめれば、「監督が、向いてるから試しにやってみろって」と嬉《うれ》しそうに答えた。信じられない。

だが、向いているというのは、わからないでもなかった。指示も声がけのタイミングも的確で、ランナーを走らせる判断もいい。

始が八歳から野球を始めたように、美絵も同じ年にソフトボールを始めている。地元の女子ソフトボールチームはよく関東大会に出るような強豪で、足の速い美絵は外野手として活躍した。中学校でも毎日泥まみれになって練習に明け暮れていたので、近所の溝口高校へ進学した時も当然ソフトボール部に入るものと思っていたが、突然、硬式野球部に入ったので家族全員驚いた。

溝口高校は十五年ほど前に出来た公立校で、野球部は毎年十名も入部すればいいほうだという。昔は初戦敗退ばかりしていたが、溝口市の市長が「我が市から甲子園へ」をモットーに溝口高校へのテコ入れを始めたらしく、二年前から徐々に力をつけてきた。

とはいえやはり、北園とは全くレベルが違う。部員の数は北園の半分以下なのに女子マネージャーが五人もいるというのも、あまりいい印象ではなかった。だからつい、美絵が嬉しそうに「硬式野球部に入った」と言った時、「んだよ、男目当てかよ」と毒づいてしまった。その瞬間、鬼のような形相になった美絵に、みごとなチョークスリーパーを決められた。

「あのねぇ、私だって甲子園行きたいの！　ソフトも続けたかったけど、甲子園行けるのは高校野球だけだから、すっごい悩んだけど野球部に入ったの！　自分たちだけが甲子園目指して頑張ってるとか思うんじゃねーよクソ兄貴！」

悪かったと謝罪するまで技をかけ続けられ、窒息しかけたのは思い出したくない思い出だ。

「いちいちデカい声出すな。対戦するったっておまえ試合出るわけじゃないだろ」

唐揚げを飲み込み、始は冷ややかに言った。

「まあベンチは、かおちゃんセンパイが入るけど。スタンドで応援するのも、試合するのと同じだもん」

「全然ちげーよ、一緒にすんな」

「アニキいっつも、スタンドで応援している仲間と常に一緒に戦っている気持ちでって言ってるじゃん」

「そんなのマスコミ向けにつくってるに決まってるだろうが」

「うわ最悪。北園の人たちに聞かせてやりたいわ〜」

「やれば。俺たち一軍は全員、血反吐《ちへど》吐くような練習乗り切って、背番号を勝ち取ったんだ。それがどれだけのことか、スタンドの奴らもよくわかってるからな」

努力ならば誰にも負けない。人一倍、練習してきた。

記念すべき世代と言われたのに、蚊帳《かや》の外になるのが厭《いや》で、とにかく追いつこうと必死だった。一年生の頃はさっぱりだったが、二年生に進級したころには徐々に成果が現れはじめ、ときどき一軍の練習試合に出してもらえるようになった。

二年の夏は、残念ながらぎりぎりのところでベンチ入りからは漏れたが、スタンドで必死に応援して、三年生が涙と共に引退すると、監督から主将に指名された。一・二年生も「それが一番いい」と賛同し、さっそくユニフォームにキャプテンマークが縫いつけられた。

それからは常に、スタメンサードだ。引退するまでこの座を誰にも譲るつもりはない。切磋琢磨《せっさたくま》してきたスタンド組の思いも背負ってグラウンドに立ち続けるには、とてつもない執念が必要だと始は思っている。

「アニキの言いたいこともわかるけどさ」

美絵は唐揚げとポテトサラダを交互に口に放り込み、あっというまに飲み込むと、その合間に早口で喋る。

「主将になってから怖いよねー。勝った日ぐらい眉間《みけん》の皺《しわ》とればいいのにさ。前はもっと楽しそうに野球やってたじゃん」

「この時期の主将なんてみんなこんなもんだろ」

「うちのキャプテン、いつも楽しそうだけどなぁ。今日だってすごく機嫌がよかったよ」

ぴくりとこめかみが波打ったのが、自分でもわかった。そりゃあ、おまえのところは気楽だろうよ。そう言いかけて、とっさに言葉を変えた。

「溝口は今、勢いがあるからな。そりゃ楽しいだろ」

美絵は途端に顔いっぱいに笑みを浮かべた。

「まあね！　なんせ逆転の溝口だからね。うち今すっごい強いよ」

逆転の溝口。連日、新聞にはその文字が躍っている。

溝口と北園は、同じ公立校だ。そして同じノーシードでここまで勝ち上がってきたという共通点がある。

しかし、より大きな記事を書かれるのは、常に溝口のほうだった。

大会開幕直後は、溝口高校など誰も気に留めていなかった。春大会はいきなりセンバツ出場の神谷《かみや》学園と当たるという不運もあってコールド初戦敗退だったし、とくに凄《すご》いエースやスラッガーがいるわけでもない。エースの井出は球種は豊富だが速さはなく、コントロールで勝負するタイプだ。

だが今回は、不運の春とは裏腹に、だいぶ楽なゾーンを籤《くじ》で引き当てた。初戦、二回戦と順調に勝ち進み、次に公立で最強と言われた小畠西《こはたにし》と当たった時には、延長十三回の熱戦を繰り広げ、キャプテン支倉《はせくら》決死のスクイズで勝ち抜いた。そこからはもう、勢いが止まらない。次の私学の強豪英明にはなんと完封勝利、そして今日の準々決勝では春にコールド負けを喫した神谷学園と当たり、初回に二点とられたものの三回で一点返し、五回にさらに二点追加されたが八回に一挙五点を奪う大逆転で、勝利をものにした。

小畠西戦から「逆転の溝口」「駆け巡る溝口旋風」といった文字が新聞に躍り出した。小畠西の次は逆転もなにも完封しているが、初戦もその次の試合も、先取点をとられたり、逆転されたあと再逆転して勝利しているのだ。

こういう勢いは怖い。説明しようのない、それこそ神風と呼んでいいような謎《なぞ》のツキがあるチームは、正直なところ対策の立てようがなかった。今日だって、いくらツイているとはいえ、あの神谷学園に勝つと予想していた者はいなかっただろう。エース井出はずっと一人で投げ続けているし、そろそろ疲労もたまっているころだ。強打の神谷なら、少しでも甘い球がきたら逃さないはずだ。

たしかに井出は今までの試合に比べるとだいぶ打たれたが、かわりに打線が猛援護をしたらしい。

今日は北園のほうが試合時間が早かったので、勝った時点で、明日の試合は神谷が相手だろうと思い込んでいた。だから溝口勝利と聞いた時には、耳を疑った。同時に、どこかで納得もしていた。ツイている時とは、こういうものだ。

「けど、勢いはいつまでも続かないからな」

始の言葉に、美絵は眉尻《まゆじり》を跳ね上げた。

「勢いだけじゃここまで勝てない。今日神谷に勝って、うちら本当に強くなったんだって確信したよ。センパイたち、一試合ごとにとんでもなくうまくなってる。実戦の力ってホントすごいよ」

「だったら俺たちだって同じだ。言っとくが俺たちが勝ち抜いてきたのは、いわゆる死のブロックだからな」

組み合わせの籤を引くのは、主将の仕事である。ノーシードの上、みごと死のブロックを引き当ててしまった時には、みな笑って許してはくれたが、申し訳なくてしばらくトイレにこもってしまった。

だが、それを勝ち抜いてきたのだ。最初から接戦のうえ辛勝続きだったが、おかげでこの二週間で成長した。試合は練習の十倍成長するとは言うが、とくに夏の大会の成長率は凄《すさ》まじいものがあると、我が身をもって実感する。

「知ってるけどさ。でもうちには勝てないよ」

「根拠は」

「カン！」

自信満々に胸をそらした妹を、鼻で嗤《わら》う。

「まあ、溝口はいいチームだと思うよ。でも明日は俺たちが勝つ」

「へー。根拠は？」

「俺たちのほうが、勝利への執念がある」

美絵は口をとがらせた。

「うちだってあるに決まってるじゃん」

「そりゃあるだろう、でもうちのほうが強いね。悪いが、背負ってるものがちがうんだ」

溝口には呪縛《じゅばく》がない。身軽だから自由奔放にプレーもできるだろうが、ぎりぎりの局面では、背中を押す力がある者のほうがきっと強い。

俺たちは、何があっても明日、勝たねばならないのだから。

3

迎えた準決勝の日は、朝から厭になるほどの晴天だった。

九時の時点で、すでに球場は熱をためこんでいる。ここ西武球場は、丘陵を掘り下げる形でつくられているために、外周の地面からぐっとさがる盆地のような形になっている。

「今日はよろしくお願いします！　北園さんと準決勝で戦えるなんて、夢みたいっす。いい試合にしましょう！」

溝口高校の支倉主将は、掠《かす》れ声ながら元気よく挨拶すると、満面の笑みで右手を差しだした。

試合前、両校主将は審判の前でオーダー表を交換することになっているが、やってきた支倉の印象を一言で言えば、「遠足に出かけるデカい小学生」だった。

こちらは、いよいよという気合いと緊張で、正直ゆうべはよく眠れなかった。朝のトイレもいまいち不調だった。それだけに、すでに朝九時にして強烈に輝いている太陽もかくやという明るい笑顔に、なんとなく胸の奥がざわついた。

「よろしく」

さらりと返して、適当に手を握る。汗ばんだ手が不快で、すぐに離す。

「では、じゃんけんを」

球審の指示に、始は唾《つば》を飲み込んだ。試合開始までにはまだ一時間あるが、すでにこの瞬間から試合が始まっていると言っていい。先攻後攻は、主将どうしのじゃんけんで決まる。必ず後攻を取れ、と監督から厳命されていた。

「じゃーんけん、ぽん！」

どことなく間抜けな声とともに、始は渾身《こんしん》のパーを繰り出した。支倉のまるっこい手はチョキ。

「やった！」

チョキをそのまま高々と掲げる支倉を見て、始は目の前が真っ暗になった。まずい。監督にどやされ、皆に失望の目を向けられる光景しか見えない。

「じゃあうちは、先攻でお願いします！」

明るく宣言した支倉に、始は目を剝《む》いた。

「先攻？」

「うん先攻！　うちいっつも先攻だから」

そういえば今までの五試合、溝口は全て先攻だったような気がする。もしやじゃんけん全勝か、とおそるおそる尋ねると、支倉は笑って否定した。

「いや、じゃんけん勝ったの二回だけ。オレ弱いんだ。でも、勝ったほうはたいてい後攻とってくれるから助かってる！　ありがとう！」

両手で握手され、思い切り感謝された。「お、おう」としか言いようがない。たいていの学校は後攻を好むが、先行逃げ切りを好む学校もまれにある。溝口高校は勢いがあるし、先攻の選択も納得だった。

能天気な笑顔をまき散らして去って行く支倉の背を見送り、オーダー表を見下ろす。

案の定だ。支倉は今日もスターティングメンバーに入っていない。

この大会が始まってから、支倉は常にベンチだ。彼がグラウンドに立つのは攻撃時の三塁コーチャーズボックス、そして味方が守っている時の伝令で走るぐらい。打席に立ったのは、代打の一度きりだ。

要するに、その程度の選手なのだ。昨年、練習試合で当たった時は一塁スタメンで出場していたが、ウドの大木という表現がぴったりだった。守備はうまいとはお世辞にも言えないし、打撃のほうも見た目に反して振りが小さく、足も遅い。声だけはやたらと大きかった。

それでも彼のことが強く記憶に残っているのは、その日の夕食の席で、始がつい「なんであれが主将なんだ」と本音を零《こぼ》した時、美絵が顔を真っ赤にして反論してきたからだった。

「あの人、すごいんだから。支倉さんがチームまとめてきたんだからね。皆のこと本当によく見てるし、盛り上げるのがうまいし、ここぞという時の集中力は誰にも負けない」

その後一時間近く、支倉主将の美点が語り尽くされた。妹には悪いが、当時は溝口というチームに全く興味がなかったので、席を立った瞬間に内容を忘れてしまった。

鮮明に思い出したのは、今夏の小畠西戦の結果を見た時だ。

今大会唯一《ゆいいつ》の、支倉の打席。それが、延長十三回表、一死三塁の場面での代打だ。緊張のかけらもない満面の笑みで打席に入った彼は、一球目でみごとにスクイズを決めた。それが決勝打となった。

たった一打で、文倉は時の人となってしまった。

スタメンになれなくとも、健気《けなげ》に皆を支え、ここぞという時は決めてくれる頼りになるキャプテン。

いかにもマスコミやお茶の間がとびつきそうな、爽《さわ》やかで一途《いちず》なキャプテン像。だが自分とは正反対だ。始は、表情が豊かなほうではないし、口数も多くはない。だが練習への姿勢と堅実なプレーが評価され、主将に選ばれた。

「おまえはプレーでみんなを引っ張ってくれ。おまえが内野にいればそれだけでみな落ち着いて、勝てる気がしてくる。そういうキャプテンになれ」

春大会が悲惨な成績に終わり、チームが空中分解しかけた時、うまくまとめられず悩んでいた始に、監督が言った言葉だ。

「こういう時にはどうしたってまとまらない。おまえがどれほど正しいことを言ったって、聞く耳もたない。でも、勝って心の余裕が出てくれば、また自然と聞くようになる。だからおまえは、勝てるように誰より練習を頑張って、誰よりいいプレーをしてくれ」

一番難しい注文をされたような気がするが、とにかくがむしゃらに練習してうまくなればいい、と言われたのは始にとっては救いだった。皆が腐っている時も一人で黙々と練習したし、試合は全力で臨んだ。練習試合で少しずつ勝つようになってきて、春の自信喪失から次第に立ち直ってくると、一人、また一人と歩み寄ってくるようになってきた。ごめん、と頭を下げる者もいた。

そうしてここまで積みあげて来たのだ。ここまで来て、負けたくはない。

（こいつには絶対に勝ちたい）

「先攻ー！」と仲間とはしゃいでいる支倉を見て、改めて思う。自分とは全くタイプは違うが、きっといい主将なのだろう。いいチームをつくったのだろう。だが、こういう男には絶対に負けたくなかった。

しかし気合いとは裏腹に、練習前のシートノックはさんざんだった。

「やべっ」

近くで焦《あせ》った声がした。見れば、一塁手の都築《つづき》がつっこみすぎてボールを取り損ね、あわてて拾っているところだった。

「何やってんだ、集中しろ！」

監督から叱責の声が飛ぶ。先ほどからほうぼうで同じような光景が繰り返されていた。皆、なんでもないゴロをこぼして焦っている。

そうこうしているうちに、サードにも再びボールがとんでくる。いつものように一歩出て捕球するが、予想したバウンドとずれて落としかけた。しっかり握れぬまま急いで一塁に投げたが、ボールが明後日《あさって》のほうにとんでいく。

「おいおいしっかりしてくれよキャプテン！」

即座に声が降ってきた。監督のものではない。耳にこびりつくようなガラガラ声。一塁側のスタンドに陣取った、OB会だ。三十年前の世代のキャプテンであり、OB会会長の冨田だ。

うるせえな、わかってるよ。怒鳴り返すのは心の中にとどめ、表向きは「気ィ引き締めてこう！」と明るく仲間に声をかける。元気な声が返ってきたが、皆どことなく浮ついているのをはっきりと感じる。

徐々に濃度を増していく熱。太陽だけではない。準決勝ともなると、客の熱気も段違いだ。

埼玉大会では、準決勝と決勝は、ここ西武球場で行うことになっている。さすがプロの本拠地だけあって、両翼の広さやスタンドの数も今までの球場とは比較にならない。開会式でも西武球場を使ったはずなのに、今日足を踏み入れて、こんなに広かったろうかと茫然《ぼうぜん》とした。開会式では百六十校が一堂に会していたからあまり実感がなかったが、いざ試合をやるとなると、途方もない広さである。

この人工芝も厄介だ。土とちがい、球がイレギュラーしないのはありがたいが、打球の勢いが死なないのでどうもタイミングが狂う。

そして、感覚を狂わせる最大の要因。

（視線が）

背中が灼けるようだ。

三塁側ベンチから、そしてスタンドから。強烈な圧力を感じる。

溝口の選手たちは、こちらの動きをじっと観察していた。さらにスタンドを埋め尽くす大応援団。勝ち進むごとに、味方も敵も応援の数が膨れあがっていったが、溝口は凄まじい。準々決勝から市長まで駆けつけたとかでニュースになっていた。どうやら今日も来ているようだ。大勢の生徒たちや父兄にまじって、メガホンを振り、応援しているのだろう。ブラスバンドもずいぶんな数がいるが、明らかに成人している者が多くいる。卒業生や、ボランティアの演奏家たちが詰めかけ、即席のチームを組んでいるらしい。

今までだって、相手の大応援団の声援を背に試合をすることぐらいあった。規模で言えば、同じような学校は他にもあっただろう。

だが、ここまで背中に重みを感じたのは、初めてだった。何が違うのかはわからない。これが勢いというものなのだろうか。昨夜の美絵の言葉は鼻で笑ったが、こうしてグラウンドに立つと肌で感じる。部員や父母会、本来の応援団の数では勝っていたはずの北園も、今日ばかりは押されぎみだった。

音はうねり、スタンドからグラウンドへと降り注ぐ。彼らの思いが、人工芝で熱せられる。

矢部監督が最後に美しいキャッチャーフライを決めて、七分のシートノックは終了した。入れ替わりに、三塁側から溝口の選手たちが元気よく飛び出してくる。今度はこちらが、じっくり観察する番だった。

「ああ、やっぱ戸惑うよなぁ」

誰かが、ほっとした声をあげた。溝口の選手たちも、小さいミスを連発している。一塁に入った支倉などは、派手にトンネルをして周囲の笑いを誘っていた。支倉も笑って謝っていたが、そこで笑えるのが信じられない。監督まで「支倉までミスするんじゃしゃーないなー」と笑っている始末だった。

何もかもぬるい。やっぱり、ここには絶対に負けたくなかった。

シートノックが終わり、両チーム総出でグラウンド整備に入る。まだ試合が始まっていないというのに、すでに両翼からの声援が凄まじい。最高潮にまで高まった熱気を冷やすようにスプリンクラーで水が撒《ま》かれる。灼熱《しゃくねつ》の人工芝を冷やす白い霧。ようやく試合開始となった。

「いいか、いつもと環境が違うが、いつもの俺たちのプレーをやれば勝てる。今までの練習は嘘《うそ》をつかない」

ベンチ前で円陣を組んだ一同を前に、始は言った。こういう発破は、いつまで経《た》っても慣れない。そのとき、三塁側からまた爆笑がわき起こった。始はちょうど背を向けているので見えないが、たしかあちらも円陣を組んでいたはずだ。そうか、また笑うのか。ここで笑えるのか。膝《ひざ》に置いた手を、ぐっと握りこむ。

「グラウンドになれていないのはお互い様だ。勢いに乗っているのも同じ。あとは、勝ちたい執念が勝《まさ》ったほうが勝つ。練習をより多くしたほうが勝つ。俺たちはそのどちらも勝っている。だからなにも不安に思うことはない。初回はエラーを恐れるな。後でいくらでも挽回《ばんかい》できるんだから。まずは思い切っていこう。いいな」

「おう！」

「いつも通りだ。行くぞ北園！」

「北園！　ファイト！」

声をひとつに合わせ、気合いを入れる。ダッシュで整列に向かうと、目の前の文倉と目が合った。笑顔が明るい。始は笑い返さなかった。

4

練習中の不安は、的中した。

一回表の攻撃が始まると、三塁側は熱烈な応援を展開した。沸き上がる、という表現が相応《ふさわ》しい、グラウンドから空気までびりびり震わせるような音量だ。

気圧《けお》されたのか、北園のエース佐々木はいきなり四球を出した。

二番打者は一球目であっさりバントを決め、ランナーを二塁へと進める。

「ワンナウト、ここ抑えられるぞ！」

アウトをひとつとったことを強調し、指でカウントする。ここからクリンナップだが、落ち着けば佐々木ならそうそう打たれることはないし、バッテリーは今までの試合で何度か牽制《けんせい》でランナーも刺している。ひとつアウトをとれば、今までの経験からいっても落ち着く――はずだった。

「荒井、右方向だぞ！　セカンドの頭な!!」

すぐ近くで、バカでかい声があがった。掠れているのに妙に響く声。三塁コーチャーズボックスよりややレフト寄りに立った支倉が、両手のひらを口に添えて、打席に入った三番打者へ力いっぱい叫んでいる。力いっぱいというのは誇張ではなく、本当に全身を使って声を出しているのが見てわかる。

おかげで否応《いやおう》なく、注意がそちらに向く。一所懸命が高じて、どこかコミカルな動き。口のほうも一瞬たりとも止まらない。

「いけるぞー、男になれ！　研究した通りいけば荒井なら充分打てる！」

足をふんばり、声にあわせて上下に揺れながら、声をはりあげる。まるで、打者に自分の中にある気力を全て伝えようとしているかのようだった。始は、これほど喋り、動くコーチャーを初めて見た。これは相当に目障《めざわ》りだ。集中しようと思ってもうるさくてできないし、視界の端——どころか真ん中近くでずっとちょろちょろ動いているのだから。

佐々木も同じ気持ちなのだろう。マウンド上で苛立《いらだ》っているのが手にとるようにわかった。

「佐々木、集中！」

声をかけたが、反応はない。頼む、落ち着いてくれ。自分自身にも半ば言い聞かせる思いで祈る。

「あっ」

声が漏れた。

佐々木がモーションに入ると同時に、二塁ランナーが猛然と三塁へと駆けてくる。しまった、と思ったが後の祭り。捕手の門地《もんち》が慌《あわ》てて三塁へ投げてくるが、捕球した始のグラブは、ランナーの足よりわずかに遅れた。

「セーフ！」

塁審の手が大きく横に広がる。

なんてこった。頭を抱えたくなった。まさか三盗をされるとは。今まで佐々木と門地のバッテリーは、一度も三盗を許したことはなかったはずだ。充分警戒していたはずなのに、このバカみたいな声に惑わされてしまった。

「ワンナウト！　アウト、ひとつずつ丁寧に！」

「荒井ー粘れよ！　おまえの好きな高めどんどん来るぞ！」

両校の主将の声がほぼ同時に響く。文倉の声は始に勝っていた。

（好きな高めか）

苦い思いで佐々木を見る。たしかに今日は球が高く浮いている。だがここは、犠牲フライも避けねばならない場面だ。
　門地はミットを低く構えた。サインに佐々木が軽く頷《うなず》く。が、投げた途端、これは
まずいと直感した。案の定、高めに入った球を、溝口の三番は軽々と打ち返した。幸
いヒットにはならなかったが、三塁ランナーが生還するには充分な飛球だった。
先取点を奪われるまで、五分もかかってない。
(クソ、先攻がきいている)
三塁側から大歓声がわき起こり、球場が揺れるようだった。
「ツーアウト！ まだ一回、たった一点だ。あとアウトひとつ、しっかりとってこ
う！」
声を張り上げても、仲間に全く届かない。自分の声すら聞こえないような有様だ。
暴力的な音に叩《たた》きのめされるという経験を、はじめて味わう。皮膚がびりびりと悲鳴
をあげていた。
佐々木はどうにかこの一点で抑えたが、鮮やかな先取点は、こちらの心理に焦りを
生む。案の定、一回裏の攻撃はさんざんだった。溝口のエース井出も、すでにだいぶ
疲労がたまっているのだろう、立ち上がりはいいとはいえず、北園も四球とバントで
一死二塁のチャンスをつくったが、後続が倒れあっけなくチェンジとなった。

「大丈夫、ここからここから。早く佐々木も楽に投げられるようにしてやろうぜ！」

明るく声をかけ、守備に散る。

そこからは、膠着《こうちゃく》状態に陥った。どちらも塁には出るものの、ホームが遠い。0―1のまま五回が終わると、選手の顔にはやや焦りが見え始めていた。

「あの高めに来るストレートは振るな。振りたくなるのはわかるが。スライダーが、時々甘く入ってくる。とくに左打者はそこ狙っていけ」

また円陣を組み、今度は監督の指示に真剣に耳を傾ける。

「香山、おまえんとこの妹、溝口のマネージャーだろ？　なんか弱点とか聞いてないの」

隣にいた都築が、小声で聞いてきた。

「聞いてねーし、言うはずないだろう」

「そりゃそっか。あーなんとか打てねーかな」

都築は四番だ。ここまでの打席は二打席ともあっさり凡退しているので責任を感じているのだろう。

「あとさ、あのコーチャーうるさすぎねえ？」

都築は忌々《いまいま》しげに三塁側ベンチに目を向けた。

「ピョコピョコしすぎだし。気が散るからちょっと黙らせといてや」

「どうしようもないだろ。我慢しろよ、あれがすぐそばにいる俺だってキツいんだ」

鬱陶しいことこの上ないが、支倉は何もルール違反はしていない。ひたすら喚《わめ》いているようでいて、その指示がおそろしく的確なことは、五回まで聞いていれば厭でもわかる。佐々木や門地の癖もすでに把握しているだろう。なるほど、小畠西戦でここ一番の場面で代打スクイズを決めただけはある。

それがわかるから、都築も鬱陶しがっている。ただうるさいだけのコーチャーなら、誰も気にしない。

整備が終わり、守備へ向かう際、なんとはなしに三塁側のスタンドを見た。美絵がどこにいるかはすぐにわかった。女子にしてはなかなか背が高いので、結構目立つのだ。両手にメガホンをもって、振り付けの復習なのか、隣のマネージャーとおぼしい女子生徒と、妙な動きをしている。かと思えば体をゆらして笑い、ずいぶんと楽しそうだった。

ベンチに目をやれば、他の部員と同じ野球帽をかぶった女子生徒が、支倉や監督と笑顔で話している。

溝口の面々は、いつどこを見ても笑っているような気がする。一点リードしているとはいえ膠着状態は同じはずなのに、この差はなんなのだろうか。

「しっかり守っていけ！　最初の一歩がワンテンポ遅れているぞ！」

六回表が始まる際、ベンチから守備位置に駆け出すと、すぐさま応援席からＯＢ会の声援とも叱責ともつかぬ声が飛んでくる。顔が歪《ゆが》んだ。どうしてこいつらは、わかりきっていることをいちいちえらそうに言ってくるのか。

「あんたたちだって負けたくせに。できなかったことを押しつけてくんじゃねーよ」

大歓声にまぎれるのをいいことに吐き捨てる。思いがけず、声が大きかったらしく、ショートの山口が驚いたように振り返った。

「すまん、なんでもない」

グラブで口許《くちもと》を覆《おお》い、右手をあげる。後悔が押し寄せる。今まで、仲間の前で負の感情を見せたことはなかったのに、こんな時に漏らしてしまうとは。

「やー、気持ちわかるぜー。オッサンたち好き勝手言ってくれるよなぁ」

「……忘れてくれ」

「いやいや、香山も俺らと同じようなこと思ってんだなって安心したんだって。こっから俺らの野球で見返してやろうぜ！」

山口はわざわざ戻ってきて、始の尻をたたいた。キャプテンなのに、励まされてしまった。おう、と笑い返して、守備につく。さっそく、コーチャーズボックスから支倉の声が迫り、いまいましい冨田のだみ声もかき消される。

六回表、溝口の打者は八番からだった。緊張の面持ちで打席に近づいてくる小柄な選手に、支倉が声をかける。打者は軽く笑って頷き、打席に入る。この試合でずっと見てきた光景だ。

名を呼び、励まし、指示を出す。どのコーチャーもやっていることだ。しかし溝口の選手たちはたいてい、主将に名を呼ばれると、ほっとした顔をすることに始は気づいていた。集中しつつも、リラックスして打席に入っている。

なぜだろう。自分だって、声がけならしょっちゅうしている。だがこんなにわかりやすい反応が来ることはなかった。どうやればこんなふうにできるのだろう？

「うちのキャプテン、いつも楽しそうだけどなぁ。今日だってすごく機嫌がよかったよ」

ふと、昨日美絵に言われた言葉が甦《よみがえ》った。主将なんてキツいことだらけなのに、溝口あたりなら楽しくできるってことか。昨日、まっさきにそう思ったことが、今になって恥ずかしくなった。

溝口が乗りに乗っているのは、支倉が主将だからこそなのだろう。ここまで勝ち上がってくるチームが、吐きそうなほど辛い練習をしていないはずがない。不和が一度もなかったはずがない。重圧がないわけがないのだ。

もし、北園の主将が自分ではなく文倉だったら。OB会のこともあっさり笑い飛ばして、それどころか相手をうまく丸めこめたのではないだろうか。そうすれば、皆もっといきいきと試合を楽しめて——そこまで考えたところで、はっとした。

（なに言ってんだ。勝てば楽しい、それでいいんだ）

あと二つ勝てば、この呪縛だって解ける。そうすれば甲子園が待っている。楽しむのはそこからで充分じゃないか。

頬をはたいて活をいれ、集中する。

美絵の言う通り、文倉はたいした主将なのだろう。だがやはり、主将はプレーでチームを引っ張ってこそだ。それを証明しなければ。呑《の》まれている場合ではない。

溝口の下位打線はほとんど当たっていないから、この回は気楽だ。そもそも溝口のチーム打率は、県内ベスト16の中でも最下位だったはず。それでも勝ち続けているのは、相手のミスにつけ込んで一気に点を取るからだ。

今日も初回のミスにつけいられてしまった。だからこれ以上ミスをしなければ必ずチャンスは来る。地力はまちがいなくこっちが上なのだから。

予想通り、八番打者は三球目のスライダーをあっさりひっかけた。なんでもないゴロがサード方面へと転がってくる。

後半最初のアウトは大事だ。それが自分のところに来てくれたことに感謝しつつ、慎重に捕球に行く。

それが裏目に出た。バウンドが合わない。あわてて捕球したが、手元が狂い、とり零す。一塁に投げるころにはもう、打者は一塁ベースを楽々踏んでいた。

頭が真っ白になる。アウトと出塁ではえらい差だ。ここが重要だとわかっていたのに。

「佐々木、すまん」

マウンド上の佐々木に謝罪すると、エースは「気にすんな」と笑った。目は全く笑っていなかった。

さらにミスは続く。

次の打者は九番で、打席では最初からバント狙《ねら》いだった。出塁した選手は、足が速い。監督のサインは、初球牽制だった。しかし一塁手の都築は、佐々木がセットポジションから動いた瞬間、勢いよく前に出てしまった。バント処理のサインと勘違いをしたのだろう。当然、一塁はガラ空きになるので、牽制しようと一塁を向いた佐々木はボールを投げられない。

「ボーク！」

無情な宣告がかかる。一番ショックを受けたのは、サインミスをした都築だった。ここで都築も激しく動揺したのだろう。

打者はバントで二塁ランナーを三塁に送り、一死三塁の場面をつくった。絶好のスクイズの場面だ。

今度こそ捕る、と雪辱に燃える都築は、再び猛然と前に出た。案の定、相手はスクイズを仕掛けてきた。今度はあっさり都築に捕られる。

しかし三塁ランナーのスタートダッシュは素晴らしく、足も速い。間に合わない、と始は判断した。

「ファースト！」

とっさに叫んだ。追加点は避けられない。ならばアウトがひとつでも欲しい。そうすれば佐々木は落ち着ける。

が、都築は猛然と本塁へと投げた。いい反応、いい球だった。クロスプレー、しかしわずかにランナーの足が勝った。

「セーフ！」

生還したランナーが高々と手をあげると同時に、三塁側から爆発するような歓声があがった。支倉も飛び跳ねて喜び、ランナーやベンチの面々と歓喜の声をあげている。それがまるで自分を嘲笑《あざわら》っているように聞こえて、始は唇を嚙《か》みしめた。

(今のミスの連鎖、俺から始まったんだ)

打順は上位。ああ、まずい。なんとかしないと。断ち切らないと。むしょうに喉が渇く。焦れば焦るほど、動きが固くなる。始が動揺すれば、瞬《また》く間に伝播《でんぱ》する。心臓に毛が生えている佐々木は、大きくコントロールを乱すことはなかったが、見せ球のカーブが甘く入ったところをフェンス直撃の長打にされた。

その瞬間、佐々木の心が折れたのがわかった。大歓声を受けて、一塁ランナーが生還した時、始の心も折れた。

まだ六回。0―3。本来なら、まだまだ巻き返せるスコアだと思うだろう。

おそらく、他の味方はまだ諦《あきら》めていない。しかし始は、この時点で終わった、と感じた。マウンドに集まった時、佐々木の顔からは張り詰めた表情が消えていた。微笑みは開き直ったからではなく諦めからくるものだとわかったし、三塁側からの圧力がいや増し、この流れに押し流されてしまうと、肌で感じ取ったからだった。

自分でも驚いた。試合中にこんな寂しい気持ちを味わうなんて、想像もしなかった。

まだ六回だというのに。

つい先ほどまで、何がなんでも勝つと思っていたはずだ。なのに一瞬にして、体が冷えた。心がまったいらになった。

これはなんだろう。こんなに冷たいのに、なぜ自分はどこかでほっとしているのだろう？

佐々木はその後、さらに二点取られた。追い詰められた味方はエラーを連発し、打線も、後半は焦るあまりずいぶんあっさりした攻撃になってしまった。

「大丈夫だ」「まだ巻き返せる」「落ち着いていけば打てる」「今までやってきたことを信じろ」

常套句《じょうとうく》を始はひたすら繰り返した。諦めていないふりをして、必死に皆を励ました。

九回裏、最後の攻撃に入った時などは、すでに目を真っ赤にしている者もいた。

奇跡は起こらなかった。悪い意味で、想定通りに進んだ。

二死からひとり四球を選んで出塁したものの、結局は後続がフライに終わり、ゲームセット。

レフトが捕球した途端、球場は大歓声に包まれ、溝口の選手たちがまるで優勝したように喜びながらホームベースに向けて走ってきた。

負けた瞬間、始はベンチを見た。選手たちは大半が泣いていた。監督は、一瞬かたく目を瞑った。が、すぐに目を開くと笑い、「さあ最後の挨拶《あいさつ》、元気に行ってこい！」と促した。

（おかしいな）

皆、泣いている。悔しいのだ。当然だ。悲願がここで絶たれ、皆の夢も終わってしまった。甲子園のためにあんなに練習してきたのに、無駄になってしまった。しかも死力を尽くしての結果ならともかく。自分たちの野球が全くできなかった。こんな無様な終わり方、悔しいに決まっている。

だが今、自分の中にあるのは、安堵《あんど》だけだ。

ああ、やっと終わった。あっという間だった。終わり方なんて、なんでもいい。もう何も言われない。もう重責に胃を痛めることもない。あのいまいましい呪文のような言葉を、聞くこともないのだ。

ふしぎと軽くなった体で走り、整列する。

「5―0、溝口高校の勝利です」

審判の言葉にも、心が動かない。

「ありがとうございました！」

両校生徒の声が揃う。試合終了のサイレンが鳴り響く。礼をして頭をあげると、文倉がまっすぐこちらを見ていた。目が赤い。

「なんでおまえが泣いてんだ」

思わず笑うと、文倉は慌てて涙を拭《ぬぐ》った。

「おめでとう。おまえらは強いよ。必ず甲子園に行ってくれ」

右手を差しだす。すると、文倉はようやく笑顔になった。

「ああ。必ず！　美絵ちゃんとも約束してるから！」

ここで妹の名を聞くとは思わず、軽く動揺した。

「あいつ、なんか言ってた？」

「めちゃくちゃすごい兄貴だって言ってた。北園が勝っても心の底から祝福できるぐらいには、尊敬してるって」

初耳だ。むずがゆくて、どんな顔をしていいかわからない。

「……美絵も頑張ってた。俺も、心の底から祝福できるぐらいに」

「うん、あの子はすごい。伝えておく」

最後にかたく握手をして、離れた。

泣いている選手を促し、ベンチへと向かう。そして応援団の前に整列する。罵声《ばせい》がとんでくるのではないか、と緊張したが、降ってきたのはあたたかい拍手だった。

「よくやった。お疲れさん！」

「楽しかったよ、ありがとう！」

不思議なものだ。あんなひどい負け方をしたというのに。勝った時より負けた時のほうがよほど皆がやさしい。OB会長のがらがら声が聞こえないからかもしれない。あいつはどうせ怒りのあまり口がきけないんだろう、と思った矢先、

「ありがとう。ここまで夢を見させてくれて、本当にありがとう」

聞き慣れた声が耳に滑り込んできた。いつもよりずっと迫力がない、掠れた声。涙の気配。

その瞬間はじめて、始の胸に痛みが走った。

ああ、彼らの願いはまた潰《つい》えてしまった。これからもまた、待ち続けるのだ。そう思った途端、悪いことをしたような気分になった。

「さあみんな帰るぞ。次の試合が控えてるからな、急げ」

感傷に浸る暇もない。監督や係員に促されて、始たちはベンチに戻り、帰り支度を始めた。

応援席では、両校のエール交換が始まっている。まず勝者が自校を称《たた》え、その次に

相手校を称える。そして敗者がそれに応《こた》える。高校野球では必ず見られる、ごく当たり前の光景だ。

始もとくに気にせず、忘れ物がないかベンチを確認していた。

「フレー、フレー、北園！」

始は弾《はじ》かれたように顔をあげた。

三塁側のスタンドを見る。

長ランを着た応援団長のコールに続いて、部員や生徒たちがいっせいに「フレフレ北園！」と声を揃える。

なんてことのない一幕だ。今までエール交換なんて、数えきれないくらいやってきたし、見てきた。勝者の立場も敗者の立場も経験がある。ただの慣例だ。

それなのに、なぜだろう。目から大量の水があふれてくる。

なぜ、彼らの応援がこんなに胸に痛いのだろう。なぜ、自分はバカみたいに泣いているのだろう？

「おい、香山……」

いきなり動きを止めた始に、監督が怪訝《けげん》そうに振り返り、そのまま絶句した。

立ち尽くしたまま無言で号泣する主将の姿に、監督はしばし茫然としていたが、自分もくしゃくしゃと顔を歪めると、帽子の上から乱暴に頭を撫《な》でた。

「よく頑張った。悔しいよな。でも今だけだ。すぐ、最高の思い出になるさ」

——そうか。俺は今、悔しいのか。

監督に言われて、はじめて気がついた。悔しかったのだ。試合中からずっと。あんまり悔しくて、頭が追いついていなかったのだ。

「……ひ、がん」

泣きながら、声を絞り出す。

「なに？」

「よく、わかりました。つぎ、優勝、悲願を」

OBの気持ちが今、はじめてわかった。

まだ短い時間しか生きてきていないけれど、その全《すべ》てを賭《か》ける勢いで努力した。それなのに、夢は叶《かな》わなかった。こんなにも悔しいものなのだ。

やりきったから後悔はない？　そんなはずがあるか。全身全霊でやったからこそ、苦しいのだ。

自分たちには手が届かなかった。だからどうか、夢を継ぐ者たちに叶えてほしい。灼《や》けるようにそう思うのは、当たり前なのだ。自分たちよりも強くて、頼もしい後輩たちがいつか、深紅の大優勝旗をもって晴れやかに笑うところを見たい。

今日から自分も、彼らの仲間入りだ。同じように、悲願と口にしながら、夢を託すのだ。

通路に入る前、始は振り向き、三塁側のベンチを見た。

溝口の選手たちの姿はもうない。だが、最後まで笑顔の絶えなかった彼らの姿が、頭の中から消えることはないだろう。

悲願を果たすのに必要なものは、きっとあそこにある。

第二話　二人のエース

1

九月の空に、球音が高く響いた。

バットの素材は同じ金属だというのに、自分たちが打つよりも、はるかにいい音がする。

「カネの音かぁ」

大畑旭《あさひ》は思わずつぶやいた。

彼らの打球が奏《かな》でる金属音を、カネの音と呼んだのは上級生だった。

自分のミットにおさまるはずだったスライダーは、指示したよりもずっと高くうわずり、勢いよく弾《はじ》き返されてしまった。ボールは見たこともない速さでライト線を抜けていき、打者もまた弾丸のように一塁へと向かう。彼も、そして三塁と二塁から悠々とホームへ生還する走者も、自分たちと同じ高校二年生とは思えぬほど体格がいい。いや、今打った九番打者は、たしか一年生だった。

旭は、三塁側のスタンドの一角を占める私服の集団をちらりと見やった。七月に引退したばかりの三年生たちだ。旭たちより体つきは逞《たくま》しいが、それでもあの一年生には劣る。

二回表で打者一巡しそうなほどの猛攻を喰らっている不甲斐《ふがい》ない後輩たちに呆《あき》れているだろうか。いや、夏の地区大会三回戦で私学四強の一角・埼玉学院と対戦して1―8のコールド負けを喫した彼らなら、きっと「仕方ないよなぁ」と苦笑していることだろう。

そう、仕方ない。だって「私学四強」なのだから。

最近は全国どこでも、夏のベスト4あたりになると毎年同じようなメンツが並ぶ。埼玉も例外ではない。今日の相手は、三年生が敗れた埼玉学院ではなかったが、同じ私学四強に数えられる英明《えいめい》高校だ。スイングが鋭すぎて、最初はホームベースのうしろでミットを構えているのが怖いほどだった。バットが風を切る音からして耳にしたことがないレベルなのだ。

やっぱ世の中カネなんだよなぁ、としみじみ思う。私学は潤沢な予算で優秀な選手たちを一流に育てあげていく。予選でいきなり英明にあたるとは、運がなかった。九月上旬から行われる地区予選は、夏から始動した新チームにとって初めての公式戦で、きわめて重要なものだ。そこでいきなり大敗は辛《つら》い。

分厚い筋肉をまとった一年生打者は、ライトがもたつく間に三塁に到達していた。ゴツい上に足も速い。さすが、学費免除をはじめ諸々《もろもろ》の好条件で全国から集められた選手の中で、一年生にしてレギュラーを勝ち取っただけはある。

旭は審判にタイムを告げ、マウンドへと走った。葛巻《くずまき》が、虚《うつ》ろな目でロジンバッグをいじっている。

「大丈夫か、キヨ。一息つこう」

近づいて声をかけると、葛巻清《きよし》がのろのろと顔をあげた。汗が滴《したた》り落ちている。九月とはいえ季節はまだ夏と言ってよく、旭もすでに汗まみれだが、葛巻の消耗ぶりは尋常ではない。まだ二回だというのに肩で息をしている。大量の汗も半分は脂汗《あぶらあせ》だろう。

「悪ィ。さすがにとられすぎだわ」

「いや俺がパニクってるから悪いんだ。配球とかもうわかんねーし」

おどけて軽くフォローしても、葛巻は顔を歪《ゆが》めた。

「旭は悪くねぇよ、もう何をどこに投げても打たれる気しかしねぇ」

英明の新チームは、今年の三年生チームより戦力的にはるかに上だと言われている。英明だけではない。埼玉学院や他の強豪も皆そうだ。

なにしろ来年——一九九八年は、第八十回の記念大会となる。通常の大会では県代表は一校のみで、二校と決まっているのは東京と北海道だけだが、来年は出場校が多い府県は二代表となっており、埼玉も東西一校ずつが出場することになっている。チャンスは二倍。当然、どこの強豪もこの年に狙《ねら》いを定めて選手を集めている。英明もこの新チームこそが本命のはずだ。

「力抜いてこうぜ。まだ二回なんだ。こっからだろ」

「そうだよ、こっからなんだよ。やっと俺らの時代が来たと思ったのに、情けねぇ」

葛巻は苛立《いらだ》ちを隠そうともせずに舌打ちした。

彼は、マウンドでかなり露骨に感情を見せるタイプだ。旭が葛巻と出会ったのは小学二年生の時で、以来ずっとバッテリーを組んでいるが、その点は指導者にいつも注意されてきたのを覚えている。しかし旭自身は好ましいと思っていた。もともと味方のエラーなどに怒るタイプではないし、吼《ほ》えるのはふがいない投球をした自分自身と、弱気のリードをする旭に対してだけだ。筋が通った怒りなら旭はいくらでも受け入れるつもりだった。

とはいえ、ここまで落胆している葛巻を見るのは胸が痛い。試合直前まで、私学四強なにするものぞと意気も高かっただけに、この落差は辛かった。

葛巻は投手陣の中で一番スタミナがあるし、実戦経験も多い。今の二年生で夏にベンチ入りしていたのは、この葛巻と外野手の二人だけだった。外野手のほうは一度代走に出ただけで、何試合か登板し打席にも立ったのは葛巻だけだ。

その葛巻が、打ちのめされ、これだけ息を切らしている。私学四強との埋めがたい差をこれ以上雄弁に物語るものはない。

「来年の夏に打たれなきゃいいんだよ。俺もヤクルトの古田見習って配球もっと研究しないとな」

「マジ頼むわ。俺ひとりじゃ、一年かそこらで手に負える相手じゃねぇ」

葛巻は肩をすくめ、ちらりとベンチを見やるとまた舌打ちした。

「あークソ交代かよ。ま、そうだよなぁ、クソ」

北園ベンチから飛び出した伝令が審判のもとへ走っていくのを、旭も目の端で見た。クソクソと言いながらも、葛巻の顔にはわずかに安堵《あんど》の色が見える。多分、自分も同じような顔をしているのだろう。

試合前、ブルペンで球を受けていたときは、葛巻の調子は決して悪くなかったが、初回の立ち上がりを攻められてから、様子が変わった。どんどん球が浮いてきてコントロールがきかなくなった。ピンチでも動じないはずの彼もさすがに途方に暮れており、彼とちがって公式戦の経験のない旭もどう立て直していいかわからない。

ファウルゾーンのブルペンでは、二人が投球練習をしているのが見えていた。どちらも同じ二年生。背番号10をつけたほうは中肉中背で、11をつけたほうはとびぬけて長身である。10番の富樫《とがし》は左投手だし、左打者の多い英明打線の目先を変えるためにも彼が来るだろう、と思っていたら、球審への伝言を終えた伝令がそのままこちらにやってきて「マロと交代だってー」と告げた。葛巻の太い眉《まゆ》が跳ね上がる。

「はぁ？ 交代はしゃーないけどなんでマロなんだよ。まだトガちんのがいいじゃん、監督試合捨ててんの？」

食ってかかられた気の毒な伝令は、俺しらねーし、と肩を竦《すく》めていたが、旭も葛巻の気持ちはわかる。

背番号11のマロこと宝迫《ほうさこ》は、その長身とチーム随一の速球、そして壊滅的なコントロールが特徴の右腕である。今まで登板した練習試合と新人戦ではだいたい四死球の山を築いてきた。それだけならともかく、いつも「今日は調子悪かった」と言うばかりで反省が見られないのでよけいに反感を買う。10番の富樫ならば、球にさほど力はないが堅実だし、左だから目先を変えるという意味では有効だろう。

しかし監督はここで彼ではなく宝迫を投入した。

葛巻が不満に思うのは理解できるが、旭はむしろ監督の選択に感謝した。恐ろしいほどのマイペース。それが宝迫だ。投げたいように投げ、四死球を量産して大量失点しようが気にしない。場の雰囲気にまるで頓着《とんちゃく》せず、どんな時も緊張しない性格は、皆がやる気を失っているこの状況には最適の人材とも言えた。生真面目《きまじめ》な富樫あたりでは、この空気に潰《つぶ》されてしまうだろう。

「まあまあ。マロなら点差とか気にしないし、そういう理由じゃないのか？」

旭の言葉に、内野手たちも「あー、たしかに」と苦笑した。彼らは大きなエラーはしていなかったが、とにかく英明の打球が鋭すぎてグラブが間に合わない。なんとか間に合っても、強すぎて弾かれてしまう有様だった。

——こんな試合、早く終わってくんねーかな。

皆の顔には、そう書いてある。

白けた空気が漂う中、長身の投手が小走りでマウンドにやって来る。

背番号11、宝迫和英《かずひで》。

一八六センチで、北園野球部で一番の長身だ。縦に長い顔には、やはり長い鼻と、糸のように細い目、薄くて短い眉が乗っている。入部二日目にして上級生から「麿《まろ》」とあだ名をつけられた彼は、いつも通り何を考えているかわからない顔でやって来て、「交代」と短く言った。

葛巻は一瞬厭《いや》そうな顔をしたが、すぐに「おう、任せたわ」と笑って去って行く。こういう場合おきまりのハイタッチはしないあたり、葛巻も正直だ。救いは、宝迫が全く気にしている様子がないところだろう。

「きつい場面だが頼むぞ、宝迫」

マウンドの土を踏みならしている彼に声をかけるものの、返ってきたのは「んー」と気の抜けた声だった。予想通りの反応に、周囲も顔を見合せて笑った。

「マロ、後ろはしっかり守るから。思いっきり腕振ってけよ。ストライクさえ入れば、英明だってマロの球は打てないんだから」

セカンドを守る主将の羽崎《はねさき》が、宝迫の尻《しり》を軽くはたく。相変わらずの「んー」という返事を受けて、内野陣は安心したように散っていく。

「宝迫、あの三塁ランナーは気にしなくていいからな」

最後に声をかけて旭も戻ろうとしたところ、「次は犠牲フライ打たせる」と背後から声がした。

「は？」

「ここから全部フライ狙ってく。外野はフェンスに張り付いててほしいんだけど、やっぱ監督怒る？」

唖然《あぜん》とした。強力打線相手にフライを狙っていく？　いつも半分寝ているような顔をしているが本当に寝ているんじゃないか、と思わずまじまじと顔を見てしまった。

「……怒るだろ。前に落とされたらどうすんだ」

たしかに宝迫のように長身で、高い位置から投げ下ろすようなフォームの投手ならば、角度がつくので、打者はボールの下をたたいてフライをあげやすくなる。

「落ちないよ。ゴロさえ打たせなきゃ」

「……」

もはや何を言っているか理解できない。恐ろしいほどのマイペースという表現は、こういうところにも現れる。彼は人と会話を成立させようという気があまりない。

「ま、まあ、とにかくおまえのペースで。あと、左打者はインコースギリギリ狙ってこう」

「んー」

毎度同じ返事は、こちらの話を聞いているのかもわからない。やりにくい相手だ。ひとまずポジションに戻り、マスクをつけて腰を落とすと、マウンド上の宝迫はいっそう大きく見えた。入学時から大きかったがまだ背が伸びているらしく、体重のほうは追いつかないのか、体つきは旭たちよりも細い。しかし、縦に長いというのは、それだけで威圧感がある。

投球練習に入る宝迫を、ネクストバッターズサークルにいる英明の打者がじっと見ている。

迫力ある、力感のあるフォーム。オーバースローの、しなった長い右腕から放たれる球は、速い。受け止めたミットは、いい音をたてた。

へえ、という声がネクストバッターズサークルのほうから聞こえた。

速さでいえば、チーム随一。練習試合で一度だけ一四〇キロを出したこともある。いい時は、本当に力の乗った、生きた球が来る。ただ、そんな時ですら、コントロールは投げてみないとわからない。

それでも今日はなかなか調子がいい。これなら、試合の流れを止められるかもしれない。宝迫が空気を変えてくれたらよし、逆にとどめをさされたとしても、そこまで試合が壊れれば逆に富樫に交代しても気楽に投げられる。葛巻も多少は気が楽になるかもしれない。

「みんな、気楽に行こう!」

投球練習の球を投げ返し、旭は声を張り上げた。

バッターが左打席に入る。初回、インコースの球をうまく腕をたたんで弾き、逆方向へ先頭打者ヒットを放った二年生だ。

一死三塁。ここは一点覚悟で、アウトを取ることを優先させるべきだろう。かといって、簡単にフライを打たせれば英明なら打球が伸びてホームランになる可能性も高い。

とにかく、低めに。宝迫の持ち球はストレート、シュート、カーブ。スライダーもあるにはあるが、あまり曲がらない。内野ゴロを打たせるには縦のカーブは有効だが、甘く入れば絶好球。

この打者はさきほども一球目からどんどん振ってきたから、まずは低めストレートで様子を見る。サインを出すと、宝迫は小さく頷《うなず》いた。言葉が通じない宇宙人ではあるが、マウンドに登った彼はほとんど首を振らない。弱気なサインを出すとむっとして首を振る葛巻とは対照的だ。

ミットを構える。マウンド上の長身が、セットポジションから投球動作に入る。足を踏み出し、上体が前につっこんだ。まずい、と反射的にミットを右に精一杯伸ばす。パン、と衝撃とともに、ぎりぎりボールがミットにおさまった。

「あっぶね」

思わず声が漏れた。もう少しでワイルドピッチになるところだった。そうなれば確実に三塁走者が生還していたはずだ。

「いいぞ、球はキレてるぞ！」

キレ以前の問題だが、明るい声とともに返球する。何も言わずにボールをキャッチした宝迫に、むかっ腹がたった。

サインを出したところで、これは無駄だ。結局、宝迫にはいつもそうしているように、真ん中に構えた。

ここに投げ込め、と合図をすると、宝迫は素直に従う。球は案の定、今度は内角に切れ込んでいく。打者の胸元あたりを勢いよくかすめ、今度は彼が「っぶね！」と叫んでのけぞった。打者はマウンド方向を睨《にら》みつけたが、宝迫はどこ吹く風だ。

この飄々《ひょうひょう》とした態度は宝迫のいいところだ。ピンチで内角に投げ込むのを本能的に厭がる投手は少なくないが、宝迫は相手が投手だろうがかまわずえぐい内角球を放る。

これで、相手は少しは揺さぶられただろうか。三球目はカーブを指示した。直球と変化球でフォームが変わることはないのでうまくひっかかってくれればという思いがあった。

球が浮いた。あ、と思った時には、打者は勢いよくバットを回していた。

「あっ」

金属音に、声が重なった。自分のものか、それとも打者のものか。とらえた、と思った球は、芯《しん》からはずれている。そういう音だった。

球は高く舞い上がる。距離はあるが、力はない。あらかじめ後ろのほうに守っていたレフトが難なく捕球すると同時に、三塁ランナーがホームへ走ってきた。余裕でセーフ。

これで一点入ったが、宝迫は全く動揺した様子はなかった。当然だ、自分で「次は犠牲フライ打たせる」と言っていたのだから。

「ツーアウト！　集中！」

右手の人差し指と小指をたてて、旭はグラウンドの仲間に向かって声を張り上げる。ツーアウト、と言った途端に、胸がすっとした。思えば、１アウトから２アウトまでが途方もなく長かった。１アウト目は送りバントだったから、そこから五点入るまでずっと、いつ終わるかしれない敵の攻撃が続いていたのだ。

なるほど、宝迫が言いたかったのはこういうことか。旭は目を細めて、マウンド上のひょろ長い姿を見た。

点を献上しても、このだらだらした流れを一度区切る。あと1アウトとればチェンジだと思えるだけで、白けきっていた心が浮上する。

そうだ、あと1アウト。ここを抑えられれば流れは変わる。

さきほどより、いけそうだという予感は強くなっていた。宝迫の荒れ球が、良い方向に作用している。

予感は当たった。英明は簡単に狙い球が絞れない。次の打者への第一球、低めを指示したが、球はまた浮いた。絶好球とばかりに振ったバットはやはりタイミングがずれた。定位置から慌《あわ》ててさがったセンターが捕って、わずか一球でチェンジとなった。

「マロすげぇぞ！」

「おまえのクソボールが逆に頼もしいわ」

野手は口々に宝迫を称《たた》え、ほっとした様子でベンチに戻ってくる。

「ナイピ」

真っ先にベンチで宝迫を出迎えたのは、降板した葛巻だった。顔色は悪いが、笑顔で仲間を見上げている。マウンド上ではハイタッチをしなかったが、この時は右手を出した。

「んー」

宝迫はいかにも適当な様子で応じ、タオルに手を伸ばした。葛巻や周囲が盛り上げようが、我関せずとばかりに顔を拭《ふ》いている。

「よくやった、宝迫。皆もよく集中を切らさずに抑えたな。いいか、ここで流れを切るぞ。英明の投手も今日さほど調子がいいわけじゃない」

村山監督が皆の心を引き立てるように攻撃へと話を移したので、微妙な気まずさはすぐに消えた。

旭はちらりと葛巻を見た。監督の話に聞き入る横顔は硬い。今日はもうベンチ要員だが、それでも彼は監督の話を誰より熱心に聞いていた。

一方宝迫はと言えば、相変わらず聞いているのか聞いていないのかわからない態度で水を飲んでいた。いつもは苛つくところだが、今日は逆にそれが頼もしく感じる。次の回もいければ、こいつは化けるかもしれない。こういう奴にかぎって、やってくれる。

旭は急いで自分のバッグからノートを取り出した。最近流行のＩＤ野球の信奉者である旭は、ベンチに入れない時も、いつも試合のスコアを書き写して配球を研究し、敵味方のデータを蓄えてきた。

なにしろこちらは、しがない公立校。私学四強には、フィジカルも環境も圧倒的な差をつけられている。

彼らに勝てる点といえば——頭脳だけだ。

県内では古豪として知られる北園は、進学校でもある。データを集め、頭をフルに使って、私学四強を打ち負かして甲子園に行く。それが旭の理想だった。今日の試合も、ゆうべからほぼ徹夜する勢いで配球を組み立ててはきたのだ。二回にして葛巻が予想以上の乱調に陥り、データどころではなくなってしまったが、ここからまた使えるかもしれない。どこにいくかわからない荒れ球とはいえ、組み立ては必要だ。投手がどれほど調子が悪かろうと、どんな強敵が相手であろうと、勝たせてみせる。それができるのは、捕手だけだ。

しかし、ノートを見直そうと意気込んだにもかかわらず、こちらの攻撃はあっさり三者凡退で終わってしまった。おそらく五分もかかっていない。

ふがいない味方にため息をつきつつも、自分も第一打席では三振してしまったことを思い出し、頭を切り替える。とにかく守備でリズムをつくれば流れはくるはずなのだ。

「宝迫、さっきの調子だ。細かいことは考えるな、とにかく俺のミットめざして投げてくれ」

マウンドにあがる宝迫を追いかけ、熱をこめて声をかける。宝迫は横目でちらりとこちらを見下ろすと、「んー」と言った。

精神状態は安定しているようだ。よし、と気合いを入れて、守備位置に戻る。投球練習も、なかなかいい。いける。

しかしそれはやはり、根拠のない希望的観測というやつだったのかもしれない。先頭打者に対し、宝迫はストレートの四球を出した。次の打者にはシュートが肩に直撃した。もう少しで顔というところで、さすがに敵ベンチからはノーコンだのふざけんなだの罵声《ばせい》が飛んだ。

「落ち着け。さっきまでよかったじゃないか、どうしたんだ」

慌ててタイムをとってマウンドに行ったはいいものの、宝迫はとくに焦《あせ》っている様子もなかった。落ち着けというまでもなく落ち着きはらっている彼は、焦ってやって来た捕手を不思議そうに見下ろした。

「別にどうもしてない」

「球が高い。荒れるのはいいが、低めを心がけてくれ。危険球退場なんて洒落《しゃれ》にならないだろ」

宝迫はじっと旭を見下ろした。

「……何」

「んー。わかった」

マウンドの土を踏みならしながら、もういいと言わんばかりに顎《あご》をしゃくる。旭はむっとしたが、結局何も言わずに戻った。

しかし、投球に改善は見られなかった。パニックになりやすい投手ならともかく、宝迫のようなタイプに「ひと呼吸おく」意味などほとんどないのではないかと思っていたが、次打者の二球目のスライダーが甘く入り、見事に弾き返されるのを見た時には、落胆と、やっぱりという思いがいりまじり、立ちすくむしかなかった。

弾丸のように内野から外野へ抜けていく白球の、なんとまぶしく、いまいましいことか。二塁からホームに戻ってくる選手の、なんと堂々としていることか。

結局この回、宝迫は立て続けに三点とられ、引き続き四死球を連発していたので、とうとうイニングが終わる前に交代を命じられた。

ブルペンから背番号10の富樫が走ってくる。顔つきは強《こわ》ばっていたが、悲壮感はない。ここまで試合が壊れれば、逆に気楽なものかもしれない。

「お疲れ、マロ。交代だって」

「んー。よろしく」

宝迫は小さく頷いただけで、さっさとマウンドから去っていく。ごめんも何もない。

「えらい堂々としてんじゃねえの」

内野手の一人が吐き捨てた。前のイニングで宝迫に向けられていた賞賛は、怒りに塗り替えられている。

実際、彼は堂々としていた。崩壊させた試合を仲間に押しつけることなど、なにも感じていないように。

「なんなんだよあいつ！　マジでむかつく！」

葛巻が吼えた。

大敗した試合の帰り道を、機嫌よくやり過ごすのは難しい。

0—11、五回コールド。覚悟はしていたものの、惨憺《さんたん》たる結果だった。

あまりにふがいない結果を受けて、学校に帰った後は皆、遅くまで練習に励んだ。

中でも投手陣は、全体練習が終わった後も自主的に残り、壁役として旭も最後までつきあった。

おかげで学校を出た時には、すでに夜の十時近かった。珍しいことではない。文武両道を掲げる北園高校は部活動も盛んだが、その中でも「伝統ある」硬式野球部は特殊である。七時半の完全下校時間までには他の部活は練習を切り上げるのに、野球部だけは平日でも夜九時まで練習しており、時々その後も居残る者もいる。

旭は今日の試合が終わった時点でこうなることは覚悟していたので、葛巻に言われるまでもなく残った。最後に登板した富樫も同じく残ったが、試合にとどめをさした宝迫は全体練習が終わるとさっさと帰ってしまった。

「いつもいつもとっとと帰りやがって。でも、さすがに今日ぐらいは反省すると思ってたよ。あんな奴に背番号やりたくねぇ!」

居残り練習を終え、駅までの帰り道、葛巻はずっと文句を言っていた。投手陣のリーダー格である葛巻は、宝迫のことを快く思ってはいないながらも、どうにかやる気を出させようと苦心してきただけに、失望も大きいのだろう。

ほとんど涙目になっていた友人の愚痴を旭はただ黙って聞いていたが、胸中は葛巻に負けず劣らず怒りに沸いていた。

宝迫の球は速かったが、全《すべ》て高かった。葛巻や、三番目に登板した富樫も球が浮いていたから、宝迫でもさすがにあの場面は緊張したのだろうと監督は言ったが、球を受けていた旭にはわかる。

あれは意図的なものだ。宝迫は言った。全てフライを狙っていくと。その通りに投げただけだ。

なぜそんなことをしたのかわからない。だが明らかに彼は勝負を捨てていた。

宝迫ののっぺりした顔を思い出す。闘志なんてものを一度も抱いたことのなさそうな、のほほんとした表情。

何を考えているのかわからないし、話は通じないし、練習態度も熱心とは言えない。メニューは普通にこなすが、全体練習が終わると、誰より早く帰ってしまう。足が速いほうではないのに、この時ばかりは疾風《はやて》のごとしだ。

今日も同じ。試合後の練習が終わった途端に、姿が消えていた。こちらは監督に説教されていたというのに。

「おまえら、今日は試合をやる前からもう気持ちで負けてたじゃないか。最初から英明には何やっても無駄って思ってるのが丸見えなんだよ。名前に負けてどうする!」

監督の叱責《しっせき》はいちいちもっともで、耳に痛かった。

四強を前に全く歯が立たなかった葛巻。途方に暮れた自分は宝迫に根拠のない期待をかけ、当然の結果ながら負けた。

ここから一年で改善できるものなのか？　この投手陣をデータでどうこうできるのだろうか。

「宝迫のことはもう放っておこう、キヨ」

怒り疲れたのか、駅のホームの自動販売機に直行した葛巻は、旭の言葉に小銭をいれようとする手を止めた。

「このままいけば、春には他の奴に背番号がいってるだろうし。自分たちが勝つための方法を考えたほうがよっぽど建設的だ」

葛巻は悔しそうに顔を歪め、乱暴に百円玉を自販機の中に押し込んだ。勢いよくボタンを押すと、大きな音をたててペットボトルが落ちてくる。腰を屈《かが》めて葛巻が引き出したのは、ポカリスエットだった。

「それはそうだろうけど、悔しいんだよ。俺にあれだけのガタイや速球があれば、死ぬほど練習すんのに！」

「フィジカルが優れていてもメンタルが伴わなければ意味がない。とにかく俺たちは、できることをしよう。俺ももっと勝てる配球を研究する。球が速けりゃ勝てるわけでもないし、キヨたちもこの秋冬でコントロールの精度をあげて、俺のデータとうまくハマれば、四強だってそう簡単に打てなくなるはずなんだ。ストライクさえ投げてくれれば、俺がどうにかするって」

強気な旭の言葉に、ずっと険しかった葛巻の顔がようやくほころんだ。

「言うねえ。つかそれって古田のまんまマネじゃん」

「今年の開幕戦で、あの斎藤雅樹から小早川が三打席連続でホームラン打ったの目の当たりにしてから、データ野球の信者だからな俺は。頭で勝つのって、北園らしいじゃん？」

「北園らしい、かあ」

葛巻の目が遠くを見るように細められる。

北園に入って、甲子園を目指そう。二人がそう決めたのは、中二の時だった。

小学二年生の時、同じ少年野球チームで出会って以来、二人はずっと甲子園のグラウンドに立つことを夢見てきた。気が強く、身体能力の高い葛巻は投手に、そして慎重で頭のよい旭は捕手を選び、中学の野球部でもかわらずバッテリーを組んできた。チームではもちろん他の選手と組むこともあったが、葛巻は、「旭が一番投げやすい」と言うし、旭のほうもピンチになるほど燃える葛巻の球を受けるのが一番楽しかった。だから、なんとしても二人で甲子園に行きたかった。中学校に進学して間もない時期から、二人は何度も相談した。

まず、カネのかかる私立は除外。甲子園は大切だが、その先の長い人生も考えておく必要はある。自分の学区内で国公立が充分狙える進学校で、甲子園も狙える位置にある公立校となると、限られる。

その中で、「二人揃《そろ》って」入れそうなのが、北園高校だった。硬式野球部の今までの最高成績は県準優勝だが、毎年ベスト16には入ってくるし、公立にしては珍しく専用の練習場もある。

旭は偏差値的にもまったく問題がなかった。一方、葛巻は野球に打ち込みすぎて授業をほぼ寝ていたために、夏の時点では成績は底辺をさまよっていた。教師は「この成績で北園とは」と鼻で笑ったが、幼なじみのここぞという時の集中力や勝負強さを、旭はグラウンドで厭というほど知っている。実際、葛巻の中三の二学期からの集中っぷりは凄《すさ》まじく、あっというまに学年十位以内にまで順位をあげ、試験もあっさり合格した。

「そう、北園らしい野球。ってか、俺たちらしい野球」

旭は葛巻に続いて自販機でアクエリアスを購入した。

「頭使ってこーぜ。とくにキヨなんてその気になったら、なんでもできるって証明してるじゃん」

「あれは勉強だからなぁ。野球のほうが難しいって」

「まだ始まったばかりだろ。これからだよ。練習しまくって、頭使えば勝てるんだ。だから、やる気ない奴らのことなんか考えてるヒマないって。甲子園は、行きたい奴が行くところだ」

きっぱり言い切ったところに、ちょうど電車がホームに入ってきた。二人はそれぞれペットボトルを交換し、蓋《ふた》を開ける。口に出すには恥ずかしい励ましや、ちょっとした謝罪をこめて、互いに好きな銘柄のドリンクを買って交換する。いつから始めたかは覚えてないが、大切な儀式だ。

疲れた体に、甘みの強いポカリスエットは深く沁《し》みていく。少しもやもやが晴れたような気がして、旭は軽快な足取りで明るい電車に乗り込んだ。

2

目の前で投手がモーションに入る。

フォームをたしかめるように、ゆっくりと。長い右腕は肩の上ではなく、ほぼ水平に保たれた位置に現れ、指先から球が放たれる。

ミットが、間抜けな音をたてた。革ごしの、慣れた感触ではない。旭は動けなかった。いつもならすぐに「ナイスボール！」と声をかけて、投手へ返球するところだ。とくに今日は、これから他校との練習試合が入っている。たとえ球が走っていなくても、ブルペンではとにかく投手に声をかけ、調子をあげねばならない。

しかしこの時ばかりは、動けなかった。ミットに球を受けたまま、茫然《ぼうぜん》とかたまっていた。

「大畑？」

怪訝《けげん》そうに名を呼ばれ、我に返る。目の前には、たったいま球を投げたひょろ長い男が立っている。

耳に入るのは、ミットにボールがおさまる乾いた音と、捕手陣のかけ声。野手が守備練に励む間、投手陣は投球練習に打ち込む。一年生の時から、旭は彼らの球をまんべんなく受けてきた。どの投手の癖も把握しているし、調子のよしあしは最初の数球でわかる。

しかし今日は、調子以前の問題だ。

今、たしかに腕が横から来た。

「あー、その……なんで横手投げになってんだ？」

旭の質問に、宝迫は細い目を瞬《しばたた》いた。

「今日から変えたから」

「いやだからなんで？　監督に言われたのか？」

「べつに。続けていい？」

珍しく急《せ》かすような言葉に、慌ててミットを構える。

宝迫は立て続けに投げ込んでくる。フォームをじっくり確認している様子はない。まるでずっとサイドスローだったかのように、ごく自然な動きでテンポよく投げてくる。

最初は自分の投球に集中していた葛巻たちも、妙な空気に誘われるようにこちらを見て、目を見開く。

「え、サイドになったの？」

驚いて尋ねる様子を見ても、彼らも何も知らなかったのだろう。

野球部は、野手は野手、投手は投手でかたまる傾向がある。旭が知らずとも投手陣は何か聞いていたかもしれないと思ったが、それもなさそうだ。監督命令という線も消えた。

となると、いよいよわからない。いつから？　どこで練習を？

オーバースローからサイドスローに変える目的は、たいていはコントロールを向上させることにある。宝迫はコントロールが壊滅的だ。彼なりに改善を図ろうとしたという点は歓迎すべきだが、いきなり投げ方を根本的に変えてしまうという荒療治はどうなのか。オーバーのまま改良できる点はいくらでもあっただろうに。そもそもこの長身でサイドはあまりにもったいないではないか。

旭の混乱をよそに、宝迫はどんどん投げこんでくる。二十球続けて投げて、彼は一度手を止めた。

「受けててどう？」

そう言われてはじめて、ほとんど無言で球を受けていたことに気がつき、旭は焦った。

「すまん、いっぱいいっぱいで。えっと、球は来てる……と思う」

「思う？　感覚でわかんないの？　音ヘンだけど」

宝迫の目が、旭のミットを見ている。使い古したゼットのミット。いつもなら、真芯で捕らえていい音をたてる。

昔からよく言われることだが、ブルペンでは投手を気持ちよく投げさせるために、捕手はとにかく捕球の時にいい音をたてることに腐心する。かつての大捕手のように、わざわざ芯の綿を抜くまではしなくとも、旭はいい音をたてるのがうまく、こういう場面では人気が高かった。たとえ微妙な投球でも、きっちり芯で捕らえて、スパンと乾いた音をたてることにかけては、上級生にも負けないという自負があった。

それが今回、さっぱりだ。

理由はわかる。真芯で捕らえられていないからだ。

旭はミットを開き、「すまん、俺が下手なだけだ」と小声で言った。

いつもの感覚でミットを構えると、芯よりやや上に入る。まずその感触に驚き、次で修正するにしてもまたやや上に。

球が、全く垂れない。ぐんと伸びてくる。

こんな感覚は、滅多にない。三年生のエースや、葛巻がとびきり調子がいい時の直球で時々味わう程度だ。

宝迫は、球こそ速いが、ここまで球が伸びてくることはまずなかった。

伸びだけではない。狙《ねら》い通り、みごとど真ん中に来ている。

「んー、そっか」

宝迫は笑った。

「じゃ次、変化球いくなー」

再び旭は驚くことになった。

このあいだまで、宝迫はストレートとカーブ、シュート、そしてスライダーもどきしか投げられなかったはずだ。

しかし、今投げたスライダーは驚くほどぐいと曲がる。スライダーを決め球とする葛巻よりもいいぐらいだ。

くわえて、彼はシンカーまで習得していた。これまた予想以上に沈み、旭は二球続けて捕り損ねてしまったほどだった。

マジか、と声が漏れた。

何が起きているのかわからない。頭は置いてけぼりで、ただ次々投げこまれる球に体が反応し、理解する。

昨日今日の変化ではない。

宝迫は、完全にサイドスローを自分のものとして消化している。球が全く違う。生きている。スライダーですら、もうずっと前から決め球にしていたと言われてもおかしくないほど、キレがいい。

いつからとか、方法なんて、どうでもいい。たしかなことは、この球は「戦える」

ということだ。

この調子が維持できれば、試合はずっと楽になる。使える。勝てる。甲子園が近くなる。

全身の毛穴が開くような感覚がした。怖気《おぞけ》に似た、だが明らかに違うもの。球の勢いが増し、ミットごしに全身に響くそのつど、心臓が高鳴っていく。

久しぶりの感覚だ。最後に感じたのは、いつだろう。中学最後の大会で、葛巻が気迫でノーノーを達成した時だろうか。

「いいぞ、宝迫！　最高だ！」

高揚するままに、旭は叫んだ。テンポよく投げてくるので、こちらの返球も速くなる。

リズムのいい投球は、捕手の感覚も研ぎ澄ます。ああ、この感じ。すごいことが起きる、確信に近い予感が全身を支配する。ずっと酔いしれていたい感覚だった。

ブルペンにやって来た村山監督は、宝迫のサイドスローを見て、「ほぉ」と感心したように顎を撫《な》でた。

「こいつはたまげたな。球速はいささか落ちるが、それより重要なのはキレだ。ずっとよくなったじゃないか」

いかつい顔をほころばせ、宝迫を褒める。監督が彼を褒めたところを見るなど、いつ以来だろうか。新入生の時は、その背の高さと球の速さを称揚していたような気がするが、その後はほとんど怒声しか聞いていない。

「おまえ、サイドスロー向いてたんだなぁ。ま、今日はそれでやってみろ」

監督はそれだけ言うと、あっさりと彼から離れ、他の投手の投球を観察しはじめた。

旭は拍子抜けした。村山監督は厳しい指導者だが、野手出身なので、野手に比べると投手にはあまり口出しをしないという傾向がある。とはいえここまで大きなフォーム変更をこんなにあっさり受け入れていいものか？

尋ねる暇《いとま》もないまま、練習時間は過ぎていく。やがて練習試合の相手がやって来て、試合が始まった。

先発は葛巻。二イニングを無難に投げた。まだ本調子とは言えないが、大炎上の衝撃からは確実に立ち直りつつある。次の富樫も、なかなかのものだった。長打を打たれる場面もあったが、制球のよさで打線を翻弄《ほんろう》し、ゴロを量産した。

だがなんといっても圧巻は、三番手の宝迫だった。

ブルペンで旭が感じた驚きを、マウンド上の宝迫を見た者全てが味わったことだろう。

長い右腕が、突然背中から現れる。躍動感のあるフォームから投げられる球は、ベース付近でぐんと伸びて、打者からいくつもの三振を奪う。かと思えば変化球は低めに落ちて、内野ゴロを量産し、六回から九回まで打者をひとりも塁に出さなかった。つまり、四球もないということだ。

別人のような投球ぶりに、チームは沸いた。

宝迫は投手陣の輪から外れていることが多かったが、この日は試合後もしばらく興奮気味の仲間に囲まれて、質問攻めに遭《あ》っていた。

旭も彼と話したくてたまらなかったし、監督から「宝迫とちゃんと信頼関係を築いておけ」と念を押されてもいる。しかしなかなか機会を得られず、ようやくまともに話すことに成功したのは、試合から一週間近く過ぎた日のことだった。

例によって練習終了時間になるとすぐに帰ろうとする彼を追って、旭も急いで着替えて部室から飛び出した。

時間差にして二十秒程度だったと思うが、コンパスの差なのか、大股で歩く宝迫の姿はすでにグラウンドから遠く離れ、敷地の外に出ている。

「宝迫！」

呼び止めると、ちょうど街灯の下にさしかかった宝迫が振り向いた。足は止めなかったが、歩調は緩やかになったので、その隙《すき》に小走りで横に並ぶ。

「電車、方向一緒だよな」

弾んだ息の中話しかけると、宝迫は珍しく驚いた顔をした。

「そうだっけ。葛巻は？」

「あー、今日はいいんだ。宝迫、いつも速攻で帰るよな。近所のジム行ってるって聞いたけど」

今日、葛巻から聞いたばかりの情報をさっそく使う。野球部の中でも自宅が遠い宝迫は、いつも自宅近くのジムで閉館ぎりぎりまでトレーニングをしていたらしい。

ジムを使っている者は多い。旭も週に一、二度は通うようにしている。部員同士、どのジムがいい、あのトレーナーはハズレだなどとよく話もしていた。

宝迫はそういった会話にはいっさい入ってこないし、態度が態度なので、誰もがそのまま家に帰っているものと思い込んでいた。先入観は恐ろしい。

恥ずかしい。ずっと球を受けていたのだから、それぐらい見抜いてしかるべきだったのに。いや、しかし突然サイドで投げ始めるまでは、実際に変わったところなどほとんどなかったのだ。あれは本当に、突然といっていい変化だった。

「葛巻から聞いたのか。なんか根掘り葉掘り訊《き》かれたけど」

「突然いい球投げるようになったら誰だって興味津々《しんしん》だろ。そこ、いいトレーナーがいるんだな。その人にサイドにしろって言われたのか？」

「いや。野球やってた人だけど、投手じゃないし。サイドにしたのは、本読んで」

「は？　本？」

「今までのフォーム、なんか違和感がすごかったから。コントロール定まらないし。それでピッチングの本読んで、片っ端から試した。したらサイドがうまくはまった」

「片っ端からっていうと、どれぐらい読んだんだ」

「そう言われるとなぁ。三十冊ぐらいまでは覚えてるけど。雑誌の特集とかいれるともうわからん」

「マジか。けど、ああいうのって一冊ごとに書いてあること違うじゃん。それいちいち試してたら体壊すだろ」

「合うか合わないかは、ちょっとやってみればわかる。小学生の時から独学でやってたし、自分の体のことはよくわかってる」

「マジか」

俺さっきからマジかしか言ってねえな、と思ったが、他に言葉が出てこない。それぐらい、宝迫の話は驚きに満ちていた。

「他の投手が、隠れて秘密の特訓してんじゃないかって言ってたけど」

「秘密の特訓てなんだよ、マンガかよ」

宝迫は馬鹿にしたように笑った。

「けど、いつもすぐ帰るだろ。他の連中が練習に誘っても帰るからそうなんじゃねぇかって」

「皆でやるのは全体練習で充分だ。あれ以上学校でやるのは時間の無駄。監督も投手のことはよくわかってないし、一人でやるほうが効率がいいんだよ」

村山監督の顔が脳裏に浮かんだ。自分を無視して、自己流でどんどん改造していく宝迫に対し怒りを見せることもなく、あっさりと受け入れた監督は、けじめをつけなくていいのかと問うた旭に笑って言った。

『あいつは自分の直感だけを信じるタイプだ。あの手の人間には、何言ったって無駄だからなぁ。自分が納得しないと、絶対に動かない。逆に、人に何か示す時は、自分の中で納得できる成果をあげられたからだ。だからあいつ、おそらく相当前からサイドスローへの移行を試していたはずだ』

監督の話を聞いた時、旭は素直に感心した。自分たちには見えなかった本質をきちんと見抜いていたのは、さすが指導者だな、と思った。「あいつ、授業は寝る時間と決めてるらしくて、どんなに脅しても起きないしなぁ」とぼやいていたから、教師として思うところも大いにあるのかもしれないが。

「けど、投球練習は相手いたほうがいいだろ。ブルペンにいる時でも言ってくれれば相手したのに」

「投手が一人や二人ならそうするけどさ。まだフォーム固まってない時期に、そんなんで捕手独占したら悪いだろ」

意外も意外だ。宝迫がチームメイトに気を遣うことがあるとは思わなかった。

「ならこれからは遠慮なく言えよ。俺もデータ集めたいし。いつからサイドを試したんだ？」

「六月ぐらい」

そんな前から。

「三年生が引退したら俺たちのチームだ。その時までにちゃんと勝てる球放れるようにしたかった。予定よりずいぶん遅れちまったけど。……なにその顔」

気味が悪そうに言われて、旭はいま自分が非常に間抜けな顔をしているであろうことに思い至った。慌てて頬をはたき、半開きだった口を閉じる。

「びっくりして。おまえも勝ちたいと思ってたんだなって」

「そりゃ甲子園に行きたいから。北園に入ったのもそのためだし」

ますます驚いた。

「お、俺もそうだぞ」

勢い込んで身を乗り出したが、宝迫は呆《あき》れた様子で旭を見返しただけだった。

「北園でわざわざ野球部に入る奴らなんてたいていそうだろ。けど入ってみれば、試合で負けても、どうせカネの力にはかなわないって言い訳してる奴らばっかで白けた」

口調は淡々としていたが、その言葉は胸の奥まで突き刺さった。

私学四強にはどうせ勝てっこない。負けて当然という思いは、たしかにあった。あと一年かけたって、どうせかなうわけがない。力量の差を目の当たりにして、ちらともそう思わなかった選手など、果たしてどれほどいるのか。

北園に入学してくる時は、そんなものを蹴散《けち》らして甲子園に行くのだと、目を輝かせていたはずなのに。

「だから勝てる方法を早く見つけたかったんだ。あの試合では間に合わなかったから、俺もえらそうなことは言えないけどな」

「いや、今あれだけの球が投げられるのはデカいよ。このあいだのおまえのピッチング凄《すご》かったし、甲子園マジで行ける気がしてきた」

気まずさを吹き飛ばすように、旭は熱をこめて言った。

「いや、まだまだだ。ゴロばっか打たせちまった」

旭は眉《まゆ》をひそめた。

「それの何がいけないんだ。低めに集まっててすげぇよかったぞ。おまえ今まで球浮いてたし」

「今日の相手はいい。けど、英明あたりにはゴロ打たせたらダメだ」

「なんでだよ。野手を信用してないのか？」

声が尖《とが》った。そうだ、こいつは情けない投球をして野手に責められても、眉一本動かさない男だ。

「ちがう。四強あたりのゴロは強すぎて、県内じゃほとんどがヒットになるからだ。あいつらのアウトは、フライアウトが一番多い」

息を呑《の》む。旭は記憶の中のスコアを忙《せわ》しく探った。

「……言われてみれば、そうかも」

「だからああいう手合いと試合やる時は、アウトは三振かフライで取るにかぎる」

「マジかー……」

英明戦で交わした、意味不明な会話を思い出す。全部フライ、とはそういう意図があったのか。

「ならその時にちゃんと言えよ、俺すげぇ混乱したんだぞ。だいたい、あいつらのフライは下手すりゃホームランになっちまうけど」

「だからフェンスぎりぎりまで外野手はさげてほしいって話だよ。ホームランはもうどこにいたって同じだろ。ハンパなところにいてデカいフライ打たれて捕球に間に合わず長打になるのが一番バカらしい。外野は抜かれたら終わりなんだから。まあ、あの時は俺も速いばっかのヘロ球だったし、さすがに無謀だったけどな。でも今なら、いけるはずだ」

無茶苦茶だが、筋は通っている。筋は通っているが、やはり凄い暴論だ。だがこの、強引に納得させられるような勢いには覚えがある。

そうか、こいつもやっぱり正真正銘、投手なんだな。胸から沸き上がってくるのは、震えるような喜びだ。

同じだ。彼も、勝ちたいのだ。死ぬほど甲子園に行きたいのだ。

だから考えている。データを見て、頭をフルに使って。どうすればフィジカルの差を埋められるかと、誰より熱心に。

「なるほど。たしかに今のおまえの球なら、フライもそこまで怖くはないかもな。なら外野の件は監督に話してみる」

旭の言葉に、宝迫はようやく笑みを見せた。

「それは助かる。大畑は監督の受けもいいし、俺が言うよりマシだ」

「監督はかなりおまえをかってるみたいだけどな」

「あのおっさんが？　ねーな。単に俺みたいなやつをどう扱っていいかわかんないだけだよ」

片頰で笑う宝迫は、妙に大人びていた。彼が子供のころから周囲の大人にどう扱われてきたのか、わかるような気がした。

「ああ、そうだ。扱いといえば、葛巻には気をつけとけよ。おまえら小学校からバッテリー組んでんだろ」

思いがけず葛巻の名が出てきたので、旭は目を瞠《みは》った。

「キヨ？　なんで」

「あいつ熱血で真面目《まじめ》だろ。で、俺を嫌ってる。ああいうのは、十中八九焦《あせ》って調子落してドツボにはまる」

見てきたような言い方だった。いや、実際見てきたのだろう。マイペースを貫く彼に勝手に憤り、焦って、自滅していった者たちを。

「……こういう言い方あれだけど、むしろそのほうが宝迫としてはいいんじゃないのか？　キヨが調子落としたらおまえが1番だろ」

半ば試す思いで尋ねると、心底くだらないといいたげに宝迫は肩をすくめた。

「番号なんてどうでもいい。マウンドに立てば同じだ。けど、甲子園行くには、あいつは絶対に必要だから」

「そ、そう思うか」

宝迫は厭《いや》そうに眉をひそめた。

「なんですげー嬉《うれ》しそうな顔すんの、気持ち悪ぃ。俺ひとりで連戦連投なんてやだよ。六大学行くつもりだし、ここで肩壊したくない」

「ああ、そういう……って六大学？　一限から七限までぶっ通しで寝てるって評判だけど、おまえそんなに頭いいの？」

「悪くはないと思うよ。入学した時点で次席だったし」

あっさり言ってのけ、

「まあ狙ってんのは野球推薦枠、および浪人枠だけどな。甲子園行こうと思ったら、今年普通に受験するのは百パー無理だから、今は無駄なことはしないんだ」と飄々《ひょうひょう》と続けた。

授業を無駄と言い捨てた彼を、旭はまじまじと見つめた。また、目から鱗《うろこ》が十枚ぐらい落ちた気分だった。

3

五月の空に、球音が高く響いた。

バットの素材は同じ金属だというのに、自分たちが打つよりも、はるかにいい音がする。

右中間を抜けていく打球を見て、旭は強い既視感に襲われた。去年の秋にも同じことがあった。

速い打球、ダイヤモンドを走る選手の体軀《たいく》の大きさ、そしてマウンド上で汗を拭《ぬぐ》っている背番号1――葛巻清。

「大丈夫か、キヨ」

マウンドに駆け寄ると、葛巻は真っ黒に日焼けした顔で苦笑した。汗が噴き出している。

ゴールデンウィークに行われる春季県大会は、野球をやる気候としては理想的だ。今日は薄曇りでじっとしていれば肌寒いぐらいだが、葛巻は真夏の炎天下でフルイニング投げたかのような消耗ぶりだった。

「すまん、今の球、甘かったよな。旭の指示通りに投げられてたらおさえられたのに」

「それはわかんねぇよ。それより、力入るか？」

「大丈夫」

葛巻は笑うが、太ももがかすかに震えている。冬に徹底的に体をいじめぬいたおかげで、葛巻の下半身は去年よりひとまわりも太くなり、生半可なことではびくともしなかったが、これはもう限界だ。

無理もない。あの英明相手に四回まで無失点に抑えてきたのだ。一球一球に神経をとがらせ、配球を組み立ててきた旭の消耗も相当なものだったが、葛巻の疲労はそれ以上だろう。

もともと、あまり調子はよくなかった。投げる時に体が開き、球の出所が見えてしまう。初回から打ち込まれたが、どれほど塁を埋めても点は許さずふんばってきた。

こういう時、葛巻は必ず旭のリードを褒めてくれるが、旭からすればここまで投げてきた葛巻のほうが何倍も凄いと思う。

春季県大会、準々決勝。ここまでは順調に勝ち進んできたが、一冬越えてさらに磨きがかかった英明打線の相手をするのは消耗の度合いが尋常ではない。五回に入って四球に連打をくらい、一挙四点を献上してしまった。

限界だというのは、本人もわかっていたのだろう。交代を伝える伝令が来ても、そして背番号11をつけた宝迫が走ってきても、何も言わなかった。

「頼むわ」

「んー」

軽くハイタッチをして、投手が入れ替わる。

「北園高校、選手の交代をお知らせします。ピッチャー葛巻くんに代わり、宝迫くん。背番号11」

アナウンスがかかり、球場から歓声があがった。宝迫は表情を変えずマウンドを踏み固めているが、旭は胸の痛みについ眉をひそめた。この歓声を、ベンチにさがった葛巻はどんな思いで聞いているだろう。

「みんなおまえに期待してるぞ。抑えてみせろよな」

旭の言葉に、宝迫は面倒くさそうに顔をあげた。

「べつに。いつもと同じようにやるだけだし」

その言葉も、投球も、いつも通り。独自の野球理論がある宝迫は、揺らぐことはない。あいかわらず練習は誰より早く帰るが、今は彼が何をしているか知らぬ者はいない。授業は九割方寝て過ごし、テストは一夜漬けで赤点ギリギリのところで乗り切るという。宝迫にとって、授業とは野球のために体力を温存しておく貴重な場であるらしい。学生としての是非はともかく、その甲斐《かい》あって、春の地区予選で先発した時には完封し、先日のベスト16を決める試合でも私学四強の一角・清明館相手に七回二失点という結果を出して勝利した。

気がつけば、地方新聞にも何度かとりあげられ、宝迫は県有数の注目投手として知られるようになっていた。

この日も、いつも通り——圧巻の投球だった。

四失点直後、一死満塁の場面。旭の指示通り、一人目は決め球のシンカーで、そして二人目はインコースのストレートで外野フライに抑えた彼は、ほとんど息を乱していなかった。

結局試合は負けてしまったが、打線はどうにか二点は返したし、なにより宝迫は五回以降一度も二塁を踏ませなかったので、夏への手応《てごた》えは充分に感じられた。いい春だった。落胆しかなかった秋とはまるで違う。

しかし誰かが脚光を浴びれば、もう一方は影に追いやられる。


「なんで俺、1番なんだろう。誰だってマロが1番だって思うのに」

葛巻は、力ない声でつぶやいた。駅までの道程も、電車に乗ってからも言葉少なで、旭が話しかけても上の空だった。最寄り駅から駐輪場に向かう最中にようやく、彼は胸にわだかまっているものを口にした。

「たまにはこんな日もあるだろ。エースはキヨ以外いないって」

旭は答えたが、用意していた台詞《せりふ》を読み上げるような口調になってしまったのは否《いな》めない。葛巻の眉が跳ね上がった。

「たまにはじゃねーよ。俺、秋から一度も完投してないんだぞ。宝迫は何度かしてるのに、俺はいっつも途中でバテて交代だ」

「焦るなよ、キヨ。夏まで時間はある。ここからだろ」

もう何度口にしたか知れない言葉を、この日もまた繰り返す。葛巻の顔が歪《ゆが》んだ。

「去年の秋も、同じこと言ったよな。あの時より悪化してるだろ、適当なこと言うな」

「……キヨ」

困って名を呼ぶと、葛巻ははっとして、苛々《いらいら》と額を掻《か》いた。

「悪い。八つ当たりしてる自覚はある。どうせならエースナンバーから下ろしてくれれば楽なのに……なんでまだ俺なんだか」

最後のほうは、声が震えていた。か細い響きに、胸が痛む。

「そりゃあ調子は今、マロのほうが上向いてるかもしれないけど、エースってそれだけじゃないだろ。投手陣の核、チームの中心にならなきゃいけない。それはどう考えたって、キヨじゃん。マロは自由すぎるし」

「けどその自由も、理由があったわけだろ。旭、マロと組むとめちゃくちゃ楽しそうじゃん。俺や富樫の時は、すげえ必死な顔してリードしてんのに」

拗《す》ねたように言われて、返す言葉がなかった。

否定できない。今、葛巻や他の投手陣たちと組む時は、とにかく大事故は避けようと必死だ。一方、宝迫の登板時はいつもわくわくしている。それはかつて、中学時代の葛巻の球を受けていた時に感じたものに似ている。次は何をしてくれるのかと楽しみにできるほどの余裕と気迫を、マウンドから感じるのだ。

一年前の自分に言ったら、まず信じないだろう。現実は、どんな疑問もねじ伏せる。そしてそういう人間が一人いるだけで、チームの空気も変わるのだ。昨年までは、四強に勝てるわけがないと最初から諦《あきら》めていた人間が、いけるかもしれない、いや夏には確実にいけると考えを変えるようになっていく。その変化を肌で感じていた。ならば葛巻も感じているのだろう。辛《つら》いはずだ。変化をもたらしたのは、自分ではないのだから。

いつも自分を引っ張ってくれた背中が、明滅する街灯の下で小さく見える。

「正直に言うとたしかに今マロの球受けるの面白いよ」

旭は言った。目先の背中がわずかに揺れる。

「昔はあいつ、マウンドでほとんど首振らなかったくせに、今はすっげー振るんだよ。まあ、宝迫と考えが合うってのも怖いけど。だから逆に面白い。裏目に出ることもあるし、そういう時は黙って俺の指示に従えって言えるからもっと面白い。そこいくと、キヨのことはよく知ってるからお互い驚きはないよな。それで逆に守りに入っちゃってる自覚はある」

道の前方には、古い倉庫を改造した駐輪場が建っている。開け放たれたままの扉の中に、葛巻は早足で入っていった。

「でもそれは、キヨをマウンドで炎上させたくないから。今日はうまくいかなくて点取られたけど……それはキヨじゃなくて、俺が悪い。だからキヨは気に病む必要はなんもない。打たれたら全部俺のせいだから」

「そんなわけねーよ」

「ある。捕手ってそういうもんだし。それに俺たちが北園に来た理由、忘れた？」

素早く自分の自転車を探し出し、鍵《かぎ》を差し込む手が一瞬止まる。その隣に置いた自分の自転車に、旭も鍵を差し込んだ。

「バッテリーで甲子園に乗りこむためだろ。そのためにキヨ、猛勉強してくれたじゃん。短期集中得意だろ？　今からだって全然いけるって」

葛巻は顔をしかめると、自転車を列から押し出した。

「……勉強といえば、おまえ最近授業寝過ぎじゃねえ？　こないだ、一限から四限まで、休み時間もぶっ通しで寝てたじゃん」

「だって夜までトレーニングしてスコア見てると二時近くなるし、朝練あるし、寝れるのマジで学校しかなくて。とにかく夜通しでデータまとめてるし、授業で休息とるしかないんだよ。でもまあそのおかげで、夏までには四強の弱点とかもバッチリだから」

誇らしげに笑うと、葛巻は呆れた顔をした。自転車を並べて押し、広い倉庫の中を進む。この時間に駐輪場に来る人間など自分たち以外にいないので、チェーンの音がやけに響く。

「そりゃ頼もしいけどさ、引退した後どうすんの。あれだけ寝てて、家でも全然勉強してないんじゃ、さすがに受験やべーんじゃねぇの」

「やばいよ、つか俺は今年は受験捨てた」

えっ、と短く言って、葛巻は足を止めた。チェーンの音もぴたりと止まる。

「マジで」

「マジマジ。俺、大学でも野球続ける予定だけど、さすがに夏引退してから勉強しても、六大学や早慶は厳しい自覚はあるから」

あっさりと言った旭を見て、葛巻は目を白黒させた。

「親、それで納得したのか？」

「まだ言ってないけど、まあ察してるんじゃないかな。負担かけて悪いとは思うけど、三年の夏までは百パー野球に賭《か》けるって決めた。そのためには授業は捨てる。学生の本分は野球だから」

「いやいや何言ってんの。おまえ昔、東大も狙えるって言われてたのに親泣くぞ」

葛巻も授業態度が真面目とは言えないが、課題もそれなりにこなしている。練習も手を抜かない。

「思うんだけど、キヨの不調って寝不足も大きいんじゃないか。力入ってないだろ？ 練習減らす気ないなら、キヨも授業全部寝ればいいんだよ」

「いやほんとマジでおまえ何言っちゃってんの？ 俺ら、将来のことも考えて北園選んだわけじゃん。中三の時の追い込みがかなりきつかったから、勉強もそこそこやってんだよ俺は」

「けど、結局どっちもは無理なんだよ」

旭はきっぱりと言った。これではまるで中学時代のまるっきり逆だ。

「夏、ベスト4ぐらいまででいいなら、なんとか両立もできると思う。でもさ、今年の四強はマジでやばいって身にしみて知ってるだろ。あいつらに勝ちたいなら、正直両立とか言ってる場合じゃない」

甲子園常連校や私学四強なら、みなスポーツ特待生用の特別クラスにいるだろうから、授業は午前だけで、午後からは全《すべ》て練習に当てることができる。それも一流の指導者、トレーナーつきの施設の中で。

どうやっても、実力の差は埋められない。開いていく一方だ。ならばどうするか。

自分たちは本来、頭はそう悪くない。フィジカルの差、環境の差を覆《くつがえ》せるのが、データと頭脳。だがそれらが揃《そろ》っても、気持ちで負けていれば活《い》かせない。投手ならば生きた球が投げられないし、打者も自分のスイングなどできない。ならばまず、追い込むことだ。野球しかない状況へ。目標を一つに絞れば、勝つ可能性は跳ね上がる。

「なんか旭、変わったな」

まぶしいものを見るような目で、葛巻が言った。

「マロが一限から七限まで爆睡して昼飯の時だけ起きるって聞いて、見習おうと思った」

「結局あいつかよ。そこは絶対に見習っちゃダメなところだろ」

おおげさにため息をつき、葛巻は再び自転車を押し始めた。

倉庫の外に出ると、夜風が顔に吹きつける。五月初めの風はまだ冷たい。道の向かい側のツツジが、重たげに花を揺らしている。

「ま、全部寝ろってのは冗談だけどさ。でも、俺にとって一緒に甲子園行くエースはキヨだし、監督もそうであってほしいと思ってるってことは、覚えておいてほしい。今ちょっと調子悪くても、マロが覚醒《かくせい》してても、そこは変わらないんだよ」

早口で言って、そそくさと自転車に乗る。さすがに恥ずかしくなってきた。

顔にあたる夜風が気持ちいい。さきほどは冷たいと感じたが、今はむしろちょうどよかった。

「あーあ、なんで北園なんか入っちまったんだろな〜」

後ろから、風に乗って間延びした声が聞こえる。

「甲子園と受験じゃ、難易度違いすぎねえ？　けどなー、どっちも中途半端になったら、来た意味ないもんなぁ。めちゃくちゃかっこわるいよなぁ」

しょうがねえよなあ。やっぱ腹くくるしかねえよなあ。

自分に言い聞かせるように、声はひっきりなしに語りかけてくる。

旭は何も答えず、いっそう速度をあげた。すると声は負けじとばかりに追いかけてくる。

「おーい聞いてんのか、キャッチャー！」

試合後の練習で疲れ果てているはずの体に、いきいきと血が通い出すのを感じながら、旭は笑ってペダルを漕《こ》いだ。

第三話 マネージャー

1

北園高校の校庭と硬式野球部専用グラウンドの間には、ベージュ色のそっけない建物が建っている。最近外壁を塗り替えたばかりらしく、外見だけは美しい二階建てで、校舎というには小さい。合宿所だ。

文字通り、運動部の校内合宿や、練習試合に訪れた他校の宿泊施設として使われるが、一番利用回数が多いのは野球部だ。なにしろ、ほぼ毎日使う。

伊倉美音《みお》の放課後は、この合宿所の炊事場で大量の米を研《と》ぐことから始まる。

野球部は練習の合間に、ひとりにつき最低二個のおにぎりを食べるノルマがある。四十六名の大所帯。夏に十七名の三年生が引退してもこの数だ。一人一合と考えると、約五十合、つまり五升ぶん研がねばならない。

「つめたーい！」

隣で、悲鳴があがった。長い髪を後ろでひとつに結わえた後輩が、赤くなった両手を高くあげている。

一月の水は、たしかに冷たい。ボウルにつっこんだままの美音の手を見て、彼女は痛そうな顔をした。

「美音センパイ、素手なのによく平気ですねぇ」

「慣れだよ。冷たいのはわかるけど、がんばって」

美音の言葉に、一年生は涙目で米研ぎを再開する。とはいっても、研ぐというより、米をそっとかきまぜているだけだ。この米は、北園野球部OBが営む農家から譲ってもらう古米だ。普通の米よりずっと力を入れて研がないと不味《まず》い。

「平野さん、ちゃんと研いでね」

少し低い声で注意すると、平野は口をへの字に曲げて「はぁい」と返事をした。やけくそのようにがしゃがしゃとかき回すものだから、美音のほうまで水が飛ぶ。再び注意しようとしたが、やめた。こういうタイプは、言えば言うほど拗《す》ねるだろう。

この子も、春になるころにはやめるかもしれないなぁ。さりげなく飛沫《しぶき》をよけつつ、美音はぼんやり思う。

平野がやめてしまったら、女子マネージャーは自分一人になる。さすがにきついのでできれば残ってほしいが、指導するのも面倒といえば面倒なので、一人になれば気楽かもしれないとも思う。

伝統校である北園高校野球部の女子マネージャーは、狭き門だ。公立の中では強豪として名高い北園の野球部に憧《あこが》れる者は少なくないが、入部条件が厳しく、またそれを突破してもあまりの苛酷《かこく》さに途中で挫折《ざせつ》する者が多い。

美音が一昨年入部した時は、同じ学年にもうひとりマネージャーがいたが、まさに去年のこの時期に退部してしまった。夏以降、疲れて授業も寝てしまい、成績が下がる一方だとぼやいていたが、二学期の期末試験でとうとう赤点をとってしまったためだった。

文武両道を標榜《ひょうぼう》する北園野球部では、赤点をとれば退部と決まっている。「一人にしてごめんね」と言いながら去っていった彼女は、今年は無事成績が平均に戻ったらしい。

平野が入ってくるまでの三ヶ月間、美音はひとりだった。誇張ではなく地獄のような日々だったので、あれをまた経験すると思うとぞっとするが、自分のために後輩を引き留めるようなことはしたくない。

「伊倉先輩！」

背後で、やたら元気のいい声がした。

野球部部員の声は総じて大きいが、これはとびきりだ。空気が振動して、うなじのあたりがちりちりちりする。

振り向くと、果たして声にふさわしい体格の部員が小走りで近づいてくるところだった。

「お疲れっす！　寒いっすね！」

ホームベース型の顔に明るい笑みを浮かべているのは、一年生の相馬《そうま》蓮《れん》だ。

なかなかの逸材揃《ぞろ》いらしい一年生の中でも、彼はひときわ目立つ。入学時にすでに一八〇を超えていた長身は、この一年でずいぶん厚みを増した。そばに立たれるだけで圧迫感がある。とくに腰回りと太もものあたりは一回りほど太くなり、ゆとりがあったはずの練習着がきつそうだ。

「寒いね。どうしたの？」

「米研ぎ手伝いに来ました！」

「……グラウンド整備は？」

「一年多いし、全員でやっても余るんで。それより、米の量ハンパないし分担したほうが早くないすか」

相馬の目が、まだ研がれていない米の山に向けられる。四十六名ぶんの米を研ぐとなると、大きいボウルを使っても一回や二回では終わらない。

「ありがとう。気持ちは嬉《うれ》しいけど、大丈夫。早く練習に行きなよ」

「美音センパイ、マッソー怪我《けが》して練習できないんですよ」

平野が小声で言った。もっとも相馬はすぐ近くにいるので、声をひそめる意味は全くない。

「前から思ってたけど、なんで〝マッソー〟なの」

「相馬を逆にしただけっす。平野の言う通り、股関節《こかんせつ》やばいんで、今あんま動けないんす」

「でも怪我人用のメニュー、大沼さんが組んでるでしょ。そっちやりなよ、ここはいいから」

「それはもちろんやります、でも手伝ってからでも遅くないんで」

「いいって。早く戻りな」

若干苛立《いらだ》ちを含ませた声に、相馬は一瞬、表情を固くした。が、すぐにいつもの笑顔に戻ると「わかりました！　いつもありがとうございます！」と冬空に突き刺さるような大声で言って、小走りで去って行った。たしかに走り方が少し不自然だった。

「手伝ってもらえばよかったのにー」

遠ざかる背中を、平野が恨めしそうに見やる。

「気持ちはありがたいけどね、部員に手伝わせたら監督がうるさいから」

「えーそうなんですか」

「前、私が一人になった時、多々良《たたら》が『自分たちが食うもんなんだから』って米研ぎは部員全員で持ち回りにしようって言ってくれたんだけど……」

「キャプテンが？　さすが、かっこいい！」

主将の名を出した途端、あからさまに目を輝かせた後輩に苦笑する。

「うん。それで、一時は皆でやってたんだけどね。練習見に来たＯＢ会の人たちが、部員に米研ぎなんてけしからんってうるさくてやめになった」

「うっわ老害マジうざい」

今度は顔をしかめて吐き捨てる。平野は良くも悪くも正直だ。子どものころから表情に乏しいと言われてきた美音から見ると、少し羨《うらや》ましい。

「そんな言葉使っちゃ駄目。まあ、ちょっと頭カタいとこあるけど、熱心に応援や援助してくれるし、それだけ北園野球部のこと思ってくれてるんだから。伝統があるっってことは、どうしても理不尽なところも多いってことだし」

「美音センパイ、大人ですねぇ」

「でも入部する時、最初に念押しされたじゃない？　女子マネはよほどの覚悟がないとやっていけないって」

本来、運動部は男女に分かれているものだ。北園には女子硬式野球部は存在せず、男子のみ。マネージャーも本来ならば男子だけで事足りるし、女子を入れる必要はないのだときっぱり言われた。

どうしても、と熱心に希望する者が後を絶たなかったので女子を認めるようになったが、基本的には男子マネージャー優先で、女子は裏方の裏方、本当に雑用ばかりになる。それでもいいならば認める。監督と部長の説明に、マネージャー志望の女子たちはそれぞれ困惑と落胆の色を浮かべた。中には、時代錯誤もいいところだと激怒する者もいた。次々と女子が消える中、残ったのがこの平野だった。

「覚えてますよ。ただ、せっかくマッソーが厚意で手伝うって言ってくれたのになーってのはありますよね」

「相馬の気持ちは嬉しいけど、あんまりマネージャーに近づくと、彼にとってもよくないからね。期待の一年生なんだし」

「まあ、そうですよねえ。ただでさえ期待裏切りまくりでヤバいのに」

相馬蓮は、期待の新入生だった。軟式野球の強豪・久瀬中の出身で、二年生の時には関東ブロック代表として全国大会にも出場している。試合は初戦で惜しくも敗れたが、三番サードで三打数二安打二打点の大活躍をしたという。その頃から体も大きく、県外の強豪校からも誘いがあったらしい。

私立に見向きもせず北園を選んだのは、現主将の多々良の存在が大きい。多々良は相馬と同じ久瀬中の先輩で、全国大会出場を果たしたチームの主将だった。

中学では果たせなかった全国制覇の夢を、共に北園で果たそう。卒業時に、互いにそう誓ったらしい。相馬は一年後、その約束を果たすべく、北園にやって来た。彼を迎えた時の多々良の喜びようは、美音もよく覚えている。

しかし、相馬は入学後あっけなく故障してしまった。もともと股関節に痛みがあったらしいが、黙って耐えているうちに悪化し、六月に入ったころには歩くだけで激痛が走るほどだったという。秋にはだいぶ回復し、練習試合にも出るようになったが、冬に入ってまた悪化した。寒いととくに痛むらしい。

「マッソーにかぎらないですけど、なんでみんなすぐ痛み我慢しちゃうんだろう。我慢が美徳みたいな空気ほんと意味なくないですか？」

こみあげる苛立ちのせいか、米を研ぐ平野の手つきは明らかに勢いをましている。研いだ米をざるに移し、素早く次の米をボウルにいれる。かつて美音が教えたとおり、水を加えたら一気に底から二度ほど混ぜて、すぐに水を捨てる。そして再び猛然と研ぎ始めた。

よしよし、と頷《うなず》いて、美音も次の米に移る。

「はたから見るとそう思うけど、我慢するのもわからないでもないよ。とくにスタメンやベンチに近い子ならそうなる」

うっかり痛みなど訴えたら、スタメンを外されてしまうかもしれない。チャンスを逃してしまうかもしれない。

大所帯ゆえ、スタメン争いは熾烈《しれつ》だ。まして相馬は一年生。北園では、どんなに突出した能力をもつ一年生でも、入学間もない春の公式戦はベンチ入りさせないが、相馬は週末や連休の練習試合でAチームとBチームのダブルヘッダーを連日こなしていた。残念ながら結果は出ず、打てないどころか守備でもエラーが目立つようになっていき、よく特守（守備特訓）で遅くまで残っているところを見たが、今となってはあの調子の悪さも納得できる。

「そうですけど、せめて五月末の東北遠征の時点で言ってくれれば……オニみたいな特訓やめてれば、夏と秋まるまる棒に振ることもなかったかもしれないのに」

「まあ、悪化しちゃったのはしょうがないし。今はよけいなことを考えないで、体のケアに専念してほしいんだよね。春からは絶対にベンチ入りしてもらわないと困るんだからさ。多々良たち最後の夏になるし、そこに照準合わせてると思うよ」

気を引き立たせるように多々良の名を出すと、平野はわかりやすく頰を紅潮させた。

「ですね！　久瀬中の時、多々良センパイとマッソーで三遊間でクリンナップだったんですよね。絶対うちでも見たいです」

「へえ、よく知ってるね」

「そりゃもう。あたし多々良センパイマニアですから。てかライバル多いし」

「多々良、一年生に人気あるって聞いたけどほんとなんだ。あ、わかってると思うけど部内恋愛は厳禁だからね」

冗談めかして言うと、途端に平野が飛びあがった。

「やだもうわかってますって！　そういうんじゃないですから！　労働の中のささやかな楽しみっていうかサプリ的なアレですから！　心から多々良センパイたちの活躍を願ってるだけっていうか！」

動揺すると手足をバタつかせる癖がある平野は、今や謎《なぞ》のダンスを踊っているようにしか見えなかった。ひとしきり派手に照れてから、平野は「あたしマッソーとクラス一緒だし、しっかり監視しときますね！」と気合いをこめて宣言した。

「うん、お願い。さて炊《た》こうか」

クラスで何を監視するのかよくわからないが、やる気に水をさしたくはなかったので適当に返事をしつつ、研ぎ終えた米を調理台へと運ぶ。そこには一升用の炊飯器が五台鎮座している。去年までは二台しかなく、鍋《なべ》で炊いていたが、OB会に泣きついたおかげで今年はずいぶん楽になった。OB会は口は出すが金は出さないというのがお決まりだが、現監督がOB会の飲み会にしょっちゅう顔を出しているだけあって、なかなか貢献してくれる。炊飯器がずらりと並んだ光景を見て、監督というものは生徒の指導だけしていればいいってわけじゃないんだなあ、としみじみ感動したものだ。

炊飯器ががんばっている間に、OBや近所の人々がいればお茶をだし、部員たちへのドリンクをつくる。ベンチ横のドリンクや応急手当キットを整えておき、合宿所にとって返せば米は炊きあがっている。再び平野と二人がかりでおにぎり製作だ。いちいち握ってなどいられないので、巨大なしゃもじで型に米をつめこんで一気につくる。具はうめぼしとおかかのみ。業務用のカゴにラップを敷き二十個ずつ並べて、冷めぬうちに急いでグラウンドへ。約百個のおにぎりを入れたカゴは重いが、今は難なく運べるようになった。美音より小柄で華奢《きゃしゃ》な平野はまだつらいようだが――

「え」

突然、両腕が軽くなった。

カゴが消えている。

慌《あわ》てて見上げると、カゴを抱えた相馬が輝くような笑顔で立っていた。

「持ちます。あ、平野、こっちに重ねて」

「うわマッソーまじで？　全部ひとりでもてんの？」

「鍛えてっから。ベンチプレスも欠かしてない」

「高校生で筋トレあんまよくないって聞いたけど。だから故障すんじゃない？」

毒づきつつも平野は嬉々《きき》としてカゴを重ねている。ようやく我に返った美音は、慌てて詰め寄った。

「ちょっと相馬。手伝わなくていいって言ったでしょ」

「はい、米研ぎは。運搬は言われてません」

「だからそういうことじゃ――」

「運ぶぐらいいいじゃないですか！　配っておいてもらえれば、お茶も早くいれられるし！」

平野の援護射撃を受けて、相馬は「そうっすそうっす！」と笑って、小走りでグラウンドへと駆けていく。

ちょっと待って。監督に怒られるの、私なんだけど。

2

昼休みの喧噪《けんそう》が、階下から聞こえてくる。

屋上へと続く階段の踊り場は人気もなく日も差さないために、真昼にもかかわらず薄暗い。

三学期に入って間もないこの時期、この場所に来ると吐く息は白く、立っているだけで震えが来る。暖かい教室が恋しいが、人目につかず話せるのはここしかないので仕方がない。美音は両腕を抱えるようにしてさすると、困り果てた顔で切り出した。

「ねえ、相馬どうにかしてくんない？」

すると、正面に立っていた生徒も眉《まゆ》を寄せた。

「俺に言われてもなぁ」

「キャプテンに言わずして誰に言うわけ。あの子、なんであんなに首つっこんでくるの？」

思い出すだけでため息が出る。

半月前、いきなり「米研ぎ手伝います」と言ってきたと思ったら、それから毎日やってくる。断っても断っても、仕事をしているとひょっこり顔を出すのだ。いらないと言えばその場は引き下がるが、また別の用事でやってくる。三日めになると、力が必要な場面などには必ず絶妙なタイミングで現れるようになり、美音は監視されているのかとすら思った。

遠慮じゃなくて、本当に手伝いはいらない。迷惑なんだよ。そうはっきり言っても、どこ吹く風。

「先輩も平野も、いっつも般若みたいな顔で走りまわっているじゃないですか。そりゃ、先輩たち有能だし二人でもできると思いますよ。でも、三人のほうが早くできるし、そのぶんできること増えるじゃないすか」

――部員が女子マネを手伝うと、監督たちがいい顔しないよ。トレーニングさぼってると思われたらどうするの。

「監督のために野球やってるわけじゃないですから。それにトレーニングはちゃんとしてます」

——でもこのままだと、練習に復帰できても、ベンチ入りできないかもしれないよ。

「その時はその時です。俺よりうまい奴がいたってだけですから」

——実力があっても、反抗的だったり、チャラチャラしてるって思われたらベンチ入りできないんだよ。監督、そういうの重視するから。

「知ってます。これを反抗やチャラチャラやってるって思われるなら、逆に監督に言い返しますよ。高校野球は和が大事っていつもおっしゃってるじゃないですかってね！」

万事この調子だ。

相馬は常に笑顔だが、決してひかない。美音はほとほと困り果てていた。

「べつにいいじゃないですかー。マッソーがやりたいって言ってるんだし。それにマジ意外でしたけど、マッソー器用すぎじゃないですか？」

平野あたりは無邪気に喜んでいるが、じつは、それも頭痛の種だ。

部員の手伝いを断っている理由のひとつは、力仕事以外はかえって面倒が増えることが多いからだ。男子ははっきり言って、何かと雑だ。

本来ならばそれを理由に断れるのに、驚いたことに相馬は手先が非常に器用だった。米の研ぎ方も手慣れたものだったし、掃除は丁寧、何より驚いたのはボール縫いだ。

ほつれた縫い目を直すのはマネージャーの重要な仕事のひとつだが、最初は誰でも苦労する。縫い物が得意な美音でも、球形の革を縫うのに慣れるにはいくらか時間が必要だった。今ではだいぶうまくなったと自負していたが、相馬の手さばきを見て愕然《がくぜん》とした。

速い。そして美しい。まるでミシンで縫ったような、美しくクロスした縫い目がきれいに伸びている。彼の指は美音の倍以上の太さがあり、指先も妙に平べったく広がっていかにも無骨なのに、細い針をまるで自分の一部のように操っていた。

興奮してベタ褒めする平野に、中学時代よくやっていたからと照れる彼を前にして、美音はすっかり自信を喪失していた。

大きな体に大きな声。これでこの私を落ち込ませるほど器用なんて、詐欺《さぎ》もいいところではないか。

仕事ぶりは素晴らしく、効率が一気にあがっただけに、頭ごなしにやめろとも言いにくい。言いくるめようとすれば笑顔で反論。自分の手には余るので、相馬が慕う多々良に頼むしかなくなった。

「まあ俺もどうにかしなきゃならないとは思ってるんだけど」

ことのあらましを聞いた多々良は、煮え切らぬ様子で坊主頭《ぼうずあたま》を掻いた。

「まさか相馬、同学年の中でも孤立して居場所がないからこっち来てるってことない？」

「それはないと思う。休憩時間とか楽しそうにやってるし」

平野からも、クラスで相馬は野球部の面々とよくつるんでいるとは聞いていた。それでも練習中はひょっとしたら、と危惧《きぐ》していたが、考えすぎのようだ。

「ならいいけど、それならよけい意味がわかんない」

「故障中で満足に練習もできないから、せめて部に貢献したいんだろ」

「春には治りそうなんでしょ？　相馬は新チームの貴重な打力なんだからみんな期待してるし、こんなことしてる場合じゃないと思うんだけど」

「股関節だからな。完治はしないしだましだましやってくって感じだ。この寒さで結構痛むみたいだし」

「多々良には痛いって言うんだ？」

想像がつかない。思い浮かぶ相馬の顔は、いつも笑顔だ。時々少し足をひきずっていても、大丈夫かと訊《き》いた途端にすぐにいつもの足取りに戻ってしまう。そしていつもの倍の笑顔が返ってくる。

悩みとは縁がなさそうな、輝くような笑顔。ちょっと暑苦しいものの、その大きな体と、豪快な性格も相まって、頼もしい。見た目の印象を裏切らず、性格も明るくおおらかで、愚痴を零《こぼ》すことも滅多にない。

「いや。相談してくれりゃ、まだ楽なんだけどな。蓮は自分からは絶対に言わないタイプだ」

「多々良の後輩ならそうだろうね。じゃあせめて、そんなにお手伝いしたいなら男マネのほうに行きなよって言ってくれないかな」

「そっちの手伝いも結構してるよ。けど……」

言いよどむ多々良を、睨《にら》みつける。

「けど、何？」

「いや、蓮としては伊倉たちを率先して手伝うことに意味があるんだろうと思って」

「何それ」

「あー……まあ、ぶっちゃけ俺のせいかもってこと」

やけくそのように答えると、ふっきれたのか、多々良は途端に早口になって続けた。

「蓮が入学する前なんだけどさ。俺、野球部の愚痴けっこう言ってたんだよな。伝統校だって憧れてたけど、入ってみたら何かと古くさいし、非効率的なことばっかやってて結構失望しちまって。上下関係ヤバいし、女子マネの扱いも今どき信じられないぐらい差別的だし、自分が主将になったらそういうのどんどん改革していきたいって熱こめて喋《しゃべ》っちゃったんだよ」

目に浮かぶようだ。そういえば、おにぎりの準備を全員の持ち回りにしようと言い出したのは、彼だった。

「なるほどね」

「しかも去年の冬、根津がやめちゃっただろ。あれで伊倉マジ辛《つら》そうだったし」

根津奈乃香《なのか》は、美音と一緒に入部した生徒だ。彼女は大の野球好きで、どこから仕入れてくるのか裏事情にも詳しく、いろいろなことを美音に教えてくれた。今年の記念大会を目標にいい選手を集めているし、埼玉の枠は二校だから北園が甲子園に出場できる可能性はいつになく高い、と目を輝かせていた。

「特待生制度も規制されるし、私学優位の時代は終わりだよ。多々良君やエース候補の真城《ましろ》君とか、私学から誘いがあったのに、私学四強を倒して北園で甲子園に行きたいって子がたくさんいるんだ！　私たちの代できっと行けるよ！」

そう熱を込めて語っていたのに、結局一年もたなかった。

二人が入部した時点で、女子マネージャーは三年生にひとりだけ、そして男子マネージャーが同じく三年生に二人いた。いずれも元選手で、故障をきっかけに転向したという。彼らは練習を手伝い、他校へ偵察へ行き、公式試合で記録員としてスコアをつけるといったメインの仕事を行い、その一方で女子マネージャーは裏方に徹していたため、練習中も試合中も選手と接触することはほとんどない。男子マネージャーは元選手なだけに、部員たちの気持ちや状態もよくわかるし、気心も知れているので、それが自然な形になっていた。

何事も男マネを優先し、手が回らないところを女子が補う。監督に念をおされて入部した以上、美音も奈乃香も自分が何をすべきかは承知していた。もっとも美音は、奈乃香に比べるとそれほど深い覚悟があったわけではない。昔から野球は好きで、甲子園は毎年テレビで欠かさず見ていたので、家から近い北園高校を志望校に定めた時、他にやりたいこともなかったし、せっかくなら野球部のマネージャーになろうと思っただけだ。あのきらきらした「高校野球」を体験できるのは今しかないのだから、と。裏方も雑用も嫌いではないし、人の役に立った上で青春しているような気分になれるのは嬉しかった。それだけに、奈乃香の野球部への深い愛情を目の当たりにするにつれ、負けたような気分になることもしばしばあった。

実際、奈乃香は何を頼まれても笑顔で応じ、よく気がつく働きもののマネージャーとして認められていた。表情に乏しく、愛想がないと言われることの多い美音からすると、時々うんざりするぐらいに理想的なマネージャーだった。

だから、昨年の冬、奈乃香が突然部を去ることになったときは、誰もが動揺した。一番驚いたのは美音だ。たしかに奈乃香は、ここのところ成績がさがっているとぼやいてはいたが、それでも美音よりはよほど上位にいたはずだ。二人で試験前には必死で勉強もしたはずなのに。

「……あれはしょうがないことだし」

湧《わ》き上がる苦い思いを振り切るように、美音は頭を振った。

「それに、あの時はずいぶん多々良たちに助けてもらったもの。でも皆には悪いことしちゃったね。先輩たちともちょっと気まずくなったでしょ」

奈乃香が部を去った直後、多々良はすぐに女子マネの仕事を皆で分担しようと言い出した。おかげで上級生たちと対立寸前までいったこともある。

「でも結局、圧力に負けてすぐダメになったし意味ねえよ。あのあと入部してきた蓮も、一人で働いてる伊倉見て結構キレてた。先輩何やってんすかって俺も説教されたよ」

多々良は悔しそうに顔を歪《ゆが》めた。ＯＢの介入で、一月たらずで提案を撤回せざるを得なかったことを、今でも恥じているらしい。

「俺ら、中学の時の部活もいろいろ問題あってさ。上級生のいじめとか。これじゃまずいってんで、俺の代でずいぶん変えたんだ。俺の後は蓮が主将になったし、蓮もずいぶんがんばってくれてたからその延長で、俺らで北園も変えてやるって——まあ今思うと、調子乗ってたなって思うけど」

「多々良が主将になって、野球部はいいほうに変わってると思うよ」

「サンキュ」

美音の拙《つたな》いフォローに、多々良は困ったように笑った。ああ、こんな月並みなことしか言えないのなら黙っていればよかった。

「ほんとにそう思ってるから。前のチームに比べたら、学年の壁とかあんまり感じないし。チームの雰囲気はずっといいよ」

「まだ冬だから呑気《のんき》なところはあるからな。春大会が終わったらそうはいかない」

「大丈夫だよ、多々良が主将なら。だからさ、相馬は気を回す必要はないんだよ。皆、自分がすべきことをすればいいだけでしょ。そこんとこ、よく言っといて」

多々良はじっと美音を見つめた。

「……何よ」

「伊倉は、大丈夫か？」

「大丈夫じゃないから相談してるんだけど」

「無理してないか？　やめたいとか思ってないか」

　案じる声に、切実な響きがある。ああ、と美音は天を仰いだ。やっぱり多々良もわかっているのだ。奈乃香がわざと赤点をとったことを。

「無理してないし、やめるつもりもないよ。この苦労が報われる夏までは居座ってやるつもりだから、多々良たちにはとにかく甲子園行くことに全力注いでほしいわけ」

　そっけない口調に、しかし多々良は安心したようだった。強《こわ》ばっていた顔にようやく笑みが戻る。

「わかった。蓮にもよく言っとく。じゃまた放課後」

　軽く手をあげ、多々良は身を翻《ひるがえ》し、階段を降りていく。美音は踊り場に突っ立ったまま、その大きな背中を見送った。

　多々良は今も、悔やんでいるのだろう。責任感が強く仲間思いの彼は、やめたいと悩んでいる部員とは徹底的に話し合う。そうして引き留めた者は何人もいる。

　しかし奈乃香にはできなかった。彼は最後まで、奈乃香がやめたがっていたことに気づかなかった。

　それは無理もない。彼女は野球部をやめるその日まで、ずっと笑顔で、本当に楽しそうに仕事をしていたのだから。誰も気づかなかっただろう。

——美音以外には。

奈乃香が悩んでいることに気がついたのは、新チームに移行して二ヶ月ほど過ぎたころだったと思う。部活中、時々手を止めて、ぼうっとしていることがあった。声をかけるとすぐに笑顔に戻り、てきぱきと動き始めるが、明らかに心ここにあらずといった様子だった。気にはなったが、こちらから探ることはしなかった。重要なことならば向こうから話してくるだろうと思っていたし、正直言ってそれどころではなかったというのが正しい。三年生が抜けた穴を埋めるのに必死だったし、授業についていくのもやっとだったのだ。

馬鹿なことをしたと思う。多々良は言った。相馬が相談してくるような奴なら楽なのにと。

わかっていたはずなのだ。奈乃香も抱え込むタイプだということを。

なのになぜ手を伸ばさなかったのか。そうすればきっと、奈乃香が自ら重みに沈んでしまう前に、届いたはずなのに。

3

マネージャーの仕事のひとつに、訪問客へのお茶出しがある。

北園グラウンドには、ほぼ毎日誰かしら客が来る。ＯＢや近所の野球ファン、昔からの北園ファン。座布団《ざぶとん》などはすぐに近くの部員が用意するが、お茶を淹《い》れて運ぶのは女子マネと決まっている。

米を研ぎ終わり、ドリンクづくりに入る際、合宿所からグラウンドを確認すると、一塁側に置かれたベンチに二人座っていた。一人は、後ろ姿でもう誰かわかる。常連の冨田だ。そろそろ七十歳だそうだが、ぴんと伸びた背中に厚みのある体は若々しい。

「冨田さん、こんにちは」

茶を盆に載せて近づくと、冨田が振り向いた。頭頂部まであますところなく灼《や》けた肌と、灰色の眉毛の対比がいつ見ても愉快な彼は、美音を見ると顔を皺《しわ》だらけにして笑った。

「おうマネージャーちゃん。いつも悪いね」

がらがらの声は、とくに張り上げているわけでもないのによく響く。

「今日もいらしてくださって嬉しいです」

「はは、それならもうちょっとにっこりしてくれると嬉しいんだけどなー」

「すみません、春になったらもう少し。今は寒さで顔面が固まってて」

「わはは、マネちゃんは面白いなぁ」

片手でプラスチックのコップをもち、目を細めて茶を啜《すす》る冨田は、いかにも気の良いおじいさんといった雰囲気だが、部内では代々「上皇」と恐れられている名物OBだ。なんでも五十年前に北園が夏の県大会で準優勝したチームの主将で、長年OB会の会長をつとめてきたらしい。今はお気楽なご隠居身分だそうだが、おかげでしょっちゅうグラウンドへやって来る。美音たちはお茶出しをする時ぐらいしか会わないので、やたら声が大きいという印象しかないが、部員たちの話によると、突然部室裏などに連れて行かれ、バッティングフォームの指導をされることがままあるという。部員にとっては迷惑な話だ。冨田は新しい指導法の学習にも熱心だし、むやみに「栄光の時代」を押しつけることはないらしいが、監督と違う指導をされれば生徒は混乱する。監督もコーチも、揃って見て見ぬふりだ。なにしろOB会の機嫌を損ねれば、自分の首が危うい。教育委員会にも関係者が多いOB会は人事にもそれなりに影響力をもつのだ。

たいてい彼は一人でグラウンドにやって来るが、ＯＢや常連がいればすぐに話が始まり、時にはその声が部員のものよりもグラウンドに響き渡ることになる。今日はまだ静かだが、隣には見知らぬ男がいた。中肉中背、四十前後といったところで、おそらくＯＢなのだろう。

「失礼します、お茶どうぞ」

湯気を立てるコップを渡すと、男は笑顔になった。目尻《めじり》に深い皺が寄る。部員に負けず劣らず日灼けしているところを見ると、野球関係者かもしれない。

「ありがとう。君は二年生？」

彼の問いに美音が答えるより早く、冨田が驚いたように声をあげた。

「二年だぞ。なんだ香山《かやま》、マネちゃんと会うの初めてか」

「はい。北園と公式戦であたったのは、二年前の秋が最後なので。練習試合では、うちなんて相手にしてもらえませんから」

「なに言ってんだ、甲子園ベスト４だろ」

美音は目を瞠《みは》った。

「えっすごい。そうなんですか」

近年、埼玉代表でそこまでの好成績を残した学校があっただろうか。美音は忙《せわ》しなく記憶を探ったが、覚えがない。埼玉代表は、夏の甲子園で優勝経験がないだけではなく、ここのところずっと初戦や二回戦での敗退が続いているのだ。

「いやあ、うちが甲子園に行ったのは二十年も前のことですよ。私もまだ高校生でしたし。溝口旋風って知ってますか？　マネージャーさんはまだ生まれてもいないけど」

ああ、と美音は頷いた。

一九八八年、第七十回記念大会。埼玉代表は、無名の公立校だった。埼玉県内でもノーマークだった溝口高校は、ノーシードから勝ち上がり、強豪を逆転勝ちで下し続けたところから「逆転の溝口」と呼ばれたという。甲子園でもその勢いは衰えず、常に笑顔で楽しんでプレーをする彼らの姿は、文字通り爽《さわ》やかな風となって全国を駆け抜けた。

「有名ですから知ってます。溝口の監督さんなんですね」

「はい。香山です。どうぞよろしく」

「香山はうちのＯＢでね。まさに溝口旋風の時、県大会準決勝で溝口と当たったのがコイツの代」

冨田の言葉に、香山は苦笑した。

「悲願の甲子園出場を果たせってプレッシャーがすごくてね」

「そりゃ、あの年は選手が揃ってたからなぁ！　ようやく俺らの成績を越える世代ができたと思ってたのに、まさか溝口に足をすくわれるとは思わんかった。しかしまあ、そのチームのキャプテンが、今は溝口の監督だってんだから、わからんもんだよな」

「私も三年前に辞令が出た時は驚きました。もっとも、今の溝口は甲子園なんて夢のまた夢ですがね」

現在の溝口高校は、だいたい初戦かその次あたりで敗退する。甲子園で旋風を巻き起こした直後は入部希望者が殺到し、翌年は県ベスト16まではいったが、その後は下降線を辿《たど》っていった。どんなに輝かしい実績があっても、二十年も経《た》てば公立はそんなものだ。

「今日、創立記念日で休みなんですよ。野球部も自主練だけでね。せっかくですから、挨拶《あいさつ》がてら、母校で勉強させて貰《もら》おうと思って来たんです。あと、春の練習試合のお願いに」

「そうなんですか」

頷きつつ、美音は軽く驚いていた。休日に野球部が自主練だけとは。北園では考えられない。

「またまた、謙遜《けんそん》しやがって。そっちだって今年は結構揃ってるんだろ？　前任の蓮池高校での実績買われて、溝口に呼ばれたって聞いたぞ」

冨田の口調は軽かったが、目は探るように鋭い。

「誰ですか、そんなこと言ってるのは。噂《うわさ》ですよ」

「どうだかねえ。言っとくが、うちは今年は強いぞぉ。七十回記念大会では溝口にやられ、八十回は宝迫《ほうさこ》がいたから行けるかと思ったが、結局ベスト16止まり。プロ行くようなエースがいても、やっぱり打てなきゃキツい。だから九十回に向けて、打てる奴を揃えたんだ」

冨田は自信満々に言った。

ベスト16の壁。北園はもう二十年近くもこの壁を破れていない。十年前、彗星《すいせい》のように現れた長身のエース宝迫は、春大会から大車輪の活躍を見せ、プロからも注目されるほどの投手だったという。実際彼は、北園OB初のプロ野球選手となったが、それも大学卒業後のことで、高三の夏は私学四強の一角・英明高校に延長戦で敗れた。その翌年はまさかの初戦敗退で、以来北園は低迷を続けている。昨年は三回戦敗退だった。

美音は改めて、ベンチに腰掛けて練習を眺める二人を見つめた。

つまり今ここには、北園唯一《ゆいいつ》の準優勝時の主将、そして最後のベスト4の主将が並んでいることになる。そう考えると、すごい場に居合わせた気がしていくらか高揚した。声をあげ、走り回る選手を見つめ、ああでもないこうでもないと説明をする冨田と、薄い微笑を浮かべて頷いている香山は対照的で、きっと当時のチームカラーを体現しているような存在だったのだろうな、と思う。

二人の現役時代の姿ならば、部室で見ることができる。第四十回県大会準優勝時の記念写真は、部室に入って正面に飾ってあるし、第七十回記念大会時のものはその左隣に寄り添っている。部室など掃除に入るだけだし、古い写真など今までろくに見たこともなかったが、明日の掃除の時はもっとよく見てみようと思った。

「よォし来い！」

グラウンドで、ひときわ大きな声が響き渡った。

目をやると、相馬がサードの位置でノックを受けているところだった。大きな体が躍動する。バウンドを合わせ難なくキャッチし、素早く体を捻《ひね》りファーストへ投げる。以前のようにほれぼれするようなキレはまだないものの、冨田が興奮した様子で身を乗り出す。

「おう、やっと相馬のやつ復帰したか！」

「今週から正式に復活したんですよ。やっと病院のお許しが出て。よかったです」

美音はしみじみと言った。

三日前の月曜日、珍しく米研ぎに姿を見せないと思ったら、グラウンドで他の一年生たちと同じメニューをこなしていた。その光景を見た時の美音の喜びは、多々良や監督、チームメイト、あるいは相馬本人より大きかったかもしれない。

あのバカ、やっとかよ！　思わず胸の中で叫んだ。

ちょうど二月に入ったばかり。あと一月たらずで、練習試合が解禁になる。このぶんなら、春大会までには試合勘も戻るだろう。

これで何もかも元通り。本当によかった。

グラウンド中から威勢のよい声が響き、球音とともに素早く駆ける。

走る、捕る、投げる。ひたすらその繰り返し。だが毎日見ていても見飽きることはない。一連の動きの中に見える意図、それがボールを通して伝わっていく様を見るのが美音は好きだった。グラウンド中に瞬《また》く間に張り巡らされていく見えざる糸の美しさ。それを生み出す彼らを見るのが、なにより好きだ。

野球は自分でプレーすることは難しい。運動はもともとあまり得意ではなく、授業でソフトボールをやった時もボールが近くにとんでくると反射的に目を瞑《つむ》ってしまう有様だった。だからこそ、憧《あこが》れた。あんな硬い球がとんでもない速さで飛んでくるというのに、まるで自分の体の一部のように捌《さば》いてしまう彼らに。

もっと、見せてほしい。ベストメンバーで、最高のプレーを見せてほしい。

甲子園だって夢ではない。皆と一緒に行くんだと、目を輝かせていた奈乃香のためにも。

「あのね、キャプテンが私の名前、覚えてなかったんだ」

奈乃香は美音にだけ辞める理由を打ちあけた。二学期の終業式、奈乃香が野球部から去る日のことだった。迷ったあげく、赤点はわざとでしょう、と言った美音に、泣き笑いの表情で答えてくれた。

「キャプテン、ド忘れしたってごまかしてたけど、ちがう。最初っから覚える気なんてなかったんだって、顔見てわかった。はは、ただでさえ部員多いんだもん、一年生のマネージャーなんて、いちいち覚えないよねえ。わかってたんだけどさ……キャプテン、いつもありがとうってよく声かけてくれてたから、ちょっとキツかったよ」

名前？　たったそれだけで？　喉《のど》から出かかった言葉を、美音は飲み込んだ。

いいや、それだけ、ではない。これは、とどめの一撃だったのだ。

皆で「一緒に」。この思いが、奈乃香を支えていた。それだけに、新チームの主将に名前すら覚えられていなかったという事実は、彼女を打ちのめしたのだろう。

「練習を見に来るOBさんたちも、私たちのことみんなマネージャーって呼ぶよね。でもあの人たち、選手のことは名前で呼ぶ。ベンチ外の下級生のこともみんな覚えてる。男子マネのことだって。でも私たちは覚えてもらえない。私たちはチームの一員なんかじゃないんだよ。ボランティアぐらいにしか思われていないんだよね」

ぼろぼろ零れる涙を拭《ぬぐ》いもせず、奈乃香はいつものように笑いながら言った。

「でも、なにより厭だったのは、それで自分が傷ついたってことなんだ。どんなことでもしよう、皆のために頑張ろうって決めてたはずなのに、見返りを求めてたんだなって思い知った。認めてもらいたくて、不満も言わずににこにこして、ほんとバカみたい」

そして奈乃香は、美音をまぶしそうに見て言った。

「美音はすごいよね。最初から立場わきまえてて、淡々と仕事こなして。私もそういうふうにできればよかった。美音の強さに甘えっぱなしで、最後まで迷惑かけて、本当にごめんね」

頭を下げられて、美音は何も言えなくなった。強くなんかない、私のほうこそ奈乃香がうらやましかった。ここでひとり逃げるなんて勝手すぎるよ。言いたいことはいくらでもあったのに、喉が詰まって言葉にならなかった。もうどうしたって奈乃香を引き留められないことが、わかっていたからかもしれない。

今、奈乃香は帰宅部だが楽しそうにやっている。会えば挨拶もするし立ち話もする。野球部の部員とふざけているところもよく見る。

野球部を応援しているのは変わらないし、甲子園にはぜったい行くよ。奈乃香は今も言う。以前よりずっと自然な、やわらかい笑顔で。

自ら引いたことで、彼女は仲間や野球を憎まずに済んだのだ。だが、もしあの時もう少し早く美音が話を聞いていたら。奈乃香の心が決定的に折れる前に、そんなことないよとただ一言伝えられていたら、きっと今も彼女はここにいただろうに。

悔やんでももう遅い。だからせめて自分は、最後までここにいるつもりだった。奈乃香のかわりに、全力で彼らを甲子園に押し上げる。この世代で、北園の悲願を果たすのだ。

そのためには、やはり相馬は必要だった。

が、まだ戻って数日ゆえか、相馬の動きは鈍い。踏み込みが遅いのか、ノックが強くなるとたちまち弾《はじ》いてしまう。ああもう、と冨田が呻《うめ》く。

「ああ、久瀬中の相馬君ですか。多々良君の後輩の。たしかに彼は中学では打ちまくってましたね」

「そうなんだよ。しかも足は速いし、肩もいい。三拍子揃《そろ》ってんだ。なのに、夏前にケガしてなぁ。それだけならともかく、ずっと女子マネの真似事《まねごと》なんざして、このまま転向するつもりじゃないかとハラハラしとったわ」

「女子マネ？　彼が？」

怪訝《けげん》そうに語尾をあげた香山に、冨田は大げさにため息をついた。

「故障している間、やたらマネちゃんについてまわってな。一緒におにぎりこさえてたんだ」

「……へえ。北園もずいぶん変わったんですね」

「あいつがおかしいだけだ。嬉々としてメシなんぞ握って。そんな暇があるなら、握力落ちんようにボールを握――ああっまた！　何やっとるんだ。一歩前に出て捕れというに！」

重なるミスに、冨田がたまらず腰をあげた。

「見ておれん。ちょっと行ってくる」

相馬が後ろにさがると、冨田はグラウンドを大回りするようにして三塁方面へと走って行った。

「相変わらずだなぁ」

年齢を感じさせぬ勢いのある足取りに、香山が苦笑する。

「冨田さんは昔からあんな感じですか」

「まあね。私たちも、練習中よくこっそり呼び出しをくらったよ。監督は見て見ぬふりさ」

「本当に一緒ですねえ」

「変わらないね。ああでも、私がいたころは女子はまだ野球部に入れなかったから、女子マネの存在は大きな変化かな。正直、羨ましいよ」

「そうですか？」

無意識のうちに問い返した声には、意外そうな響きがあった。香山が軽く目を瞠《みは》るのを見て、慌てて続ける。

「いえ、あの、女子マネの入部が許可されたのは、今の監督さんになってからなので。まだ四年ぐらいだし、OBではいい顔をしない人がいるって聞きました」

「ああ、まあ、そういう人はどこにでもいるからね。何か言われた？」

「いいえ、直接には。仕事好きですし、入部の際に監督さんにも念を押されているので、とくになんとも思いませんけど」

「うん、外野は放っておいていい。今の北園野球部は、君たちがいなきゃ立ちゆかないのは事実なんだから。これだけの大人数、それをたったの二人でまわしているなんてね。それでも仕事が好きだと言えるのは、本当にすごいことだ」

「い、いえ……男子マネもいるし、そんな大変ってわけじゃ……」

真っ向から褒められることに慣れておらず、美音は下を向いた。

「私のひとつ下の妹が当時、溝口野球部のマネージャーをしていたんだ。夏に対戦した時は複雑だった。溝口野球部は、妹も含めてとにかく明るくて楽しそうでね。それに気圧《けお》されて負けたようなもんだった。彼らがあんなに楽しげで強かった原因をずいぶん考えてみたんだが、その中には女子マネの存在もたしかにあると思うよ」

「……そういうものでしょうか。よくわかりませんが」

「相馬君も積極的に君たちの手伝いをしてるんだろう。昔なら考えられないことだけど、いいことだと思う。彼は案外、選手としてプレーするより、君たちの仕事のほうが好きなんじゃないかな」

美音はぽかんと口を開けた。何を言っているんだ、この人は。

「まさか。そんな人、野球部にいるわけないじゃないですか」

男子マネたちも、故障した時には野球ができない悔しさに泣いて、それでもどうにか気持ちに折り合いをつけて選手から転向した者ばかりだ。

「彼、ボールを怖がっている。完全に腰が退けていた。君も見ただろう」

香山はグラウンドに視線を戻したが、その先に相馬はいない。三塁側には、ベンチの後ろに部室がある。おそらくその陰で、冨田から指導を受けているのだろう。いちおう監督たちの目が届かぬところでやるぐらいの配慮は、冨田にもあるのだ。

「練習からずっと離れていましたし、故障前には危険球を受けたこともあったので仕方ないかと」

「はは、いつまで経っても誰でもボールは怖いものだよ」

「でもみんな慣れますよね。時間が解決するでしょう」

我ながら、声が硬い。むきになっている自覚はある。相馬は選手に戻らなければならないのだ。なんとしても。

だって、そうでなければ、いったい自分はなんのためにここにいるのか。

「たいていはね。でも例外は必ずある。それに、君が誇りに思っている仕事なんだから、部員が憧れていたっておかしくないんじゃないかな」

「まさか。逆の話なら――女子部員が公式戦に出られないってわかってても甲子園に憧れて練習に参加するとかって話はありますけど。男子部員がマネージャーに憧れる理由ないじゃないですか」

「なぜ？　自分が前に出るより人を支えるのが好き。そういう人間はいる。彼もそういうタイプなのかもしれない」

「ありえません。だって彼は、久瀬中の四番で……」

途中で美音は口を噤《つぐ》んだ。

久瀬中の四番。三拍子揃った主砲候補。多々良ともベストコンビ。相馬を語る時に当たり前のように付けられてきた肩書きの数々。

だが、それが何だ？　四番だったから誰より目立ちたいなんて限らない。

さらに言えば——四番だったから、野球が大好きとは限らないではないか。

美音が決定的なことに気づいたことを、香山もまた気づいたのだろう。目尻に深い皺を寄せるようにして笑う。

「ただ泥まみれになってプレーするだけが野球じゃない。とくに高校野球は、日本をあげての巨大な祭りみたいなものだ。参加する方法や、好きである形は、いくつもあっていいんだよ。君が今の形で、野球を愛しているように」

美音はとっさに胸に手を置いた。無意識の行動だった。この中にある大切なものを、のぞかれたような気がした。

美音がずっと憧れてきたもの。奈乃香がここに、置いていったもの。

「さて、長居しちゃったな。お仕事邪魔してすまないね」

香山はお茶を飲み干し、立ち上がった。ごちそうさま、と言って渡された空のコップは、すっかり冷たくなっていた。

「そうだ、私の知り合いにすごく腕のいいマッサージ師がいてね。相馬君、試しに一度行ってみるといいよ」

ダウンのポケットから取り出した名刺の裏に何かを書きつけると、それも美音に手渡した。

「ありがとうございます。でも野球部が代々お世話になっているクリニックがあるので……」

「知ってる。OBがやっているところだろ。あそこはダメだ」

あっさりと否定され、美音は二の句が継げなかった。

「ああ、これはオフレコで頼むよ。ヤブとまでは言わないが、とくに相馬君みたいなケースだとあそこの先生は合わないね。断りにくいのはわかるけど、自分の体は自分で守らないと」

「それはそうですが」

「先方には連絡しておくから、気がむいたらこの名刺もってココに行ってみてくれ。それじゃあ、いずれ試合で」

笑顔で片手をあげると、彼は監督のほうへと歩いて行った。

同じく北園ＯＢだという監督にぺこぺこ頭を下げている香山と、彼の名前と溝口高校の住所、そして裏に書かれた電話番号を交互に見やり、美音は首を傾《かし》げた。相馬みたいなケースとはなんだろう。

4

相馬が再び怪我《けが》をした。

練習に復帰して、ちょうど一ヶ月が過ぎたころだった。

新しく通い出したマッサージ師との相性がよいらしく、股関節《こかんせつ》は未《いま》だかつてないほど好調だとかで毎日いっそう威勢のいい声を出して練習していたが、守備練で弾いたボールが胸に当たったらしい。

大丈夫だと言い張る当人を病院に連れて行ったところ肋骨《ろっこつ》が折れており、翌日からは胸用のコルセットをつけて学校にやって来た。当面は練習も禁止ということだったが、部活を休むでもなく、懲《こ》りずに美音たちのところにやって来る。

「すみません、重いものは運べませんが、手先使うことならなんでもできます」

笑顔で言った彼に、美音はもう呆《あき》れて言葉も出なかった。

怪我が続く相馬に対し、チーム内でも同情よりも諦《あきら》めの空気が流れている。相馬の動きの鈍さはなかなか改善されず、それが今回の怪我に繫《つな》がったという見方らしい。もう相馬は諦めたほうがいいかもしれない。見学に来ている冨田たちが小声で話しているのを耳にしたこともある。

だというのに、当の本人ときたらまるで気に病む様子もなく、にこにことボールを縫っている。相変わらず素晴らしい手つきだったが、美音は感心する気にはなれなかった。

「相馬、本当はほっとしてるんでしょう」

だから、二人でドリンクを作っている時に、思い切って言ってみた。

今日、お茶出しは平野に任せてある。愛想のいい彼女は、常連たちとよく話しこむので、しばらく時間はあるだろう。

「ほっとしてる、ですか？　俺が？」

相馬は手を止めずに訊《き》いた。

「そう。練習しなくてよくなって」

手が止まる。相馬は美音を見ると、いたずらが見つかった子どものような顔をした。

「バレちゃいましたか」

「そりゃ、練習しているより明らかに楽しそうだからね」

他の部員がいる前ではもう少し神妙にしているが、マネージャーだけになると気が緩むのか、顔が明るくなる。

「やっぱ伊倉先輩は鋭いなぁ」

「練習、厭《いや》だったの？　せっかく股関節よくなってきたのに」

「とんでもない。厭じゃないです。足の痛みなくなって嬉《うれ》しかったし今度こそいけると思ったんですけどね」

「じゃあ怖いの？」

相馬は、さっと笑顔を消して美音を見た。

「……絶対に、多々良先輩には言わないでください。実は俺……硬球がどうしても怖いんです」

「硬球が？」

「軟式から硬式に変わった時、本当に怖かった。先輩は、最初は誰でも怖い、でも慣れるって言ってたんですが、俺は未だに怖いんです」

「軟式でボカスカ打ってたんでしょ？　なのにそんなことってあるの？　当たった時の痛みは凄《すご》いらしいけど、他はそんなに違うと思えないけど」

「自分でもおかしいと思います。でも硬球だと思うと、ダメなんです。しょっぱなにいきなり肩にデッドボールくらって、マジで肩が吹き飛んだかと思ったんすけど……その時の痛みのせいもあるのかな……でもわからない」

迷うような口調は、どうにか原因を特定しようと彼が何度も苦しんだことを示していた。原因がわかれば、克服できる。きっとそう考えたのだろう。

だが、いくらそれらしい原因を考えても、恐怖は去らない。相馬はメンタルトレーニングの本も読みあさり、どうにかしようともがいたという。ボールを捕るのにあと一歩伸びない足を必死に動かしているうちに、持病の股関節が激しい痛みを訴えるようになったらしい。

「どうにもならなくなって病院行ったら、ドクターストップがかかって。夏のレギュラー入りがかかってた時だから、本当は無茶苦茶悔しいはずなのに……俺が真っ先に感じたのは、安堵《あんど》だったんです。その時、俺、自分が死ぬほど憎いと感じました。試合に出れないことや、皆から遅れをとることもめちゃくちゃ悔しいのに、真っ先に頭に浮かんだのは、これでしばらくボールから離れられるってことなのかよって。軽蔑《けいべつ》するでしょう？」

上目遣いで尋ねられ、美音は一瞬、返答に詰まった。

これはたぶん、肯定しても否定しても間違いなんだろうな、と思う。叱責《しっせき》してほしい。許してほしい。そういう目だ。奈乃香も野球部を去る時、全く同じ目をしていた。だから美音も、奈乃香の時と同じ答えを返した。

「わからない。ただ、ものすごく苦しんだんだなってことは、わかるよ」

相馬は少し意外そうな顔をした。ほとんど表情の動かない美音を見つめ、太い眉《まゆ》を下げて笑う。これも奈乃香と似ている。違うのは、目には涙がないことぐらいだ。

「そう言ってもらえると、少し救われるような気がします。あの時に俺、自覚したんですよ。いつか練習に復帰したところで、俺はもう使いものにならない」

「なら、素直に監督に言ったほうがいいんじゃないの。一年で退部する生徒は少なくないし、相馬は惜しまれるだろうけど、故障なら仕方がないって納得はされると思う」

「それも考えました。でも俺、やめたくはないんです。わがまま言ってる自覚はあります。でも、このチームで甲子園行きたいんです」

相馬の目に再び力が戻る。

「甲子園」

「はい。たとえ荷物もちでも」

相馬は力強く言った。

皆と一緒に甲子園に行きたがっていた奈乃香は、一年の冬にチームから去った。

皆と一緒に甲子園に行きたがっている相馬は、チームに残っている。

胃のあたりに熱が灯《とも》るのを感じる。厭な熱だ。むかむかと広がり、せりあがってくる。

「マネージャーに転向したいってこと？」

「はい」

「……そういうことなら、なおさら早く監督に相談すべきじゃない。直接言うのがためらわれるなら、まず多々良あたりに……」

「先輩に言えるわけないじゃないっすか」

「なんで」

「絶対に甲子園に行こうって誘ってくれたんです。俺を信じてくれてるんです。なのに硬球が怖いなんて、今更言えるわけがない。どんなに失望されるか」

「でもそんなの、バレバレなんじゃないの？　私が見てても、体が竦《すく》んでるのわかったし」

「まだ復帰して間もないからって今は思ってくれてるんで。今回のことで呆れられたとは思うけど……それでも多分、ずっとこのままだなんて、思ってもいないでしょう」

　そういうものだろうか。はじめて相馬を見た香山ですら、恐怖の根深さを見抜いていたのに。

　いや、はじめて見たからこそ、かもしれない。美音だって、相馬の体がずいぶん強《こわ》ばっていると感じはしたが、それほど硬球を怖がっているなんて思いもしなかった。

　相馬蓮は、体が大きい。声も大きい。鬱陶《うっとう》しいほど明るい。そして、その人一倍恵まれた体に中学時代の輝かしい成績を背負ってやってきた、期待の一年生だ。明るく強靭《きょうじん》な球児のイメージが強すぎて、そんな単純で深刻な理由があるなんて部員も思いつきもしないのだ。

　美音は大きく息をついた。

「つまり、恥ずかしい弱点がバレる前に監督から切ってもらうために、女子マネに近づいたの？」

相馬は目を瞬《しばた》いた。何を言われているのかわからないといった表情だった。数秒してようやく意味を理解したのか、目を剝《む》いて叫んだ。

「ちがいます！」

「選手をやめてマネージャーに転向する機会を狙《ねら》ってたんでしょ？　でも相馬としては残念なことに、股関節の怪我は春には治ってしまいそうだから、それで」

「ちがいます。あの時は、自分に出来ることが本当に少なくて悔しくて……。心折れそうで、だから本当に好きなことをやってみようと思ったんです。俺、ずっと前からマネージャーに憧れてたんです。多々良先輩には言えないですけど、本当は入学する前から、選手よりそっちが向いてるって思ってて」

正解でしたよ、香山監督。美音は胸の中でつぶやいた。

マネージャーに憧れる男子は、本当にいるらしい。選手として活躍できる能力を、ありあまるほど備えていながら。

「だったら普通に男子マネに弟子入りすればいいじゃない。なんでこっち来るの」

「伊倉先輩がやってる仕事のほうが、性に合っているからです。自慢じゃないけど、俺ボール縫うのとかメッチャ得意で。縫い物とか料理とか、すげぇ好きなんです。一番、無心になれるっつーか。自分が一番うまくできることで、チームに貢献できたらなって思ったんす……」

話しているうちに恥ずかしくなったのか、相馬の顔は徐々に下を向いていく。

「相馬って、いわゆるオトメンてやつ？」

分厚い肩が、わかりやすく揺れる。

「……なんか最近よく聞きますね、その言葉。ちがうと思いますけど…」

「言葉が流行してるってことは、そういう男子が増えてるってことでしょ。正確には、昔から結構いたけど、公言できるようになったってこと？　だから、べつに恥じる必要ないと思うけど」

「先輩にそう言われても。俺、こんな図体で」

相馬は自分の両手を広げて見て、ため息をついた。美音よりひとまわり以上も大きい手は、指も太い。だがこの太い指が、美音よりはるかに器用に針を扱い、手早くおにぎりを握る。同時に、どんな重いものもひょいと持ち上げてしまうのだ。

一度、恥を晒《さら》してしまったからか、その後もぽつぽつと相馬は語った。

野球を始めたのはイヤイヤだったこと。だがやっていくうちに面白くなり、中学時代に多々良と一緒にやっていたころは最高に楽しくて、本気で甲子園を目指していたこと。しかし多々良が卒業して自分が主将になってからは辛《つら》いことのほうが多く、やがて甲子園には行きたいがグラウンドでプレーしたいとは必ずしも思っていないことに気がついた。

多々良や共に汗を流してきた大切なチームメイトには、必ず行ってほしい。そのためにできることをしたい。

「だから、その……多々良先輩は、伊倉先輩たちの扱いについて怒ってましたけど、俺はむしろ羨《うらや》ましいって思ってたんです。すごく失礼なことを言ってるのはわかってます。でも、俺も最初からその立場にいてチームを支えたかった」

相馬がまっすぐ美音を見つめてきたので、とっさに顔をそらす。今、自分の中にある泥のような思いを見透かされたくなかった。

今の言葉を聞いたら、奈乃香だったら喜ぶだろうか。自分たちの仕事をこんなに認めてくれる人間がいたんだと。

いや、たぶんそうはならない。

雑用係。自分たちは、そこに何より誇りをもっている。あるいは、もちすぎているのかもしれない。

「失礼なんかじゃないよ。ほんとは、歓迎すべきなんだろうなって思う」

ひとつ深呼吸をして、美音は言った。相馬はおそらく、今日はじめて他人に向けて本音を吐き出した。ならば自分も、そうしたい。

「でも、ごめん。ここは譲れないんだ。私たちは、このためだけに野球部に入ってきたから。もし相馬が、最初から女子マネと同じことをしたいって宣言して入ってきたなら喜んで受け入れるけど……今からっていうのは、やっぱり抵抗がある。心狭いかもしんないけど、これが本音」

「いえ。当然だと思います」

相馬は真剣な面もちで言った。

「俺は、逃げてます。ほんとはこっちをやりたかった、なんて、ていのいい言い訳にしかならない。わかってたんです。でも、なかなか言えなくて。ありがとうございます」

今度は頭を下げる。いつもなら、一年生は深々と頭を下げるところだが、胸部が固定されているので、今日は首の上だけで会釈《えしゃく》するような形だった。

どうしてみんなすぐ我慢するんだろう。そう言ったのは、平野だったか。

地肌が見えそうなほど刈りあげた頭を、改めて見つめる。野球部は坊主《ぼうず》が規則と言っても、真冬のこの季節、ここまで短くしている者は他にいない。

青白い肌を見て、胸の真ん中が縮こまるように痛んだ。ああ、この子は本当にずっと我慢してきたんだな。人一倍期待されて、痛いとも怖いとも何も言えず、本当は何がしたいかもわからなくなって。それでも皆と甲子園に行くために、理想の球児を必死に演じてきたのだ。

それは、ここにいるのに誰にも顧みられないと感じることと、どちらがより辛いのだろう。

口を閉ざせば、グラウンドの音がよく聞こえる。冬の空気を震わせて、空を突くような球音。部員たちの声が、追いかけるように響く。

美音が憧れた世界の真ん中に、相馬はいた。自分はいつもここから、ただ音を聞いていた。そこにいる者は、たとえ苦しくても、誰より幸せなはずなんだと、きっとどこかで思っていた。

彼らと自分を隔てていたのは、なによりも、自分だったのかもしれない。

美音は手を伸ばした。

目の前の坊主頭に指先が届く寸前、ひときわ高い球音が響いた。ちょうどバッティング練習の時間だ。きっと誰かが、会心の一撃を放ったのだろう。その乾いた音が、美音にはまるで世界の壁が壊れる音のように思えた。

「えっ」

相馬は体を堅くした。そりゃあいきなり頭をなでられたら驚くよね、と思いつつも、予想以上のさわり心地のよさにしばらく手を離す気にはなれなかった。

「ごめんね、意地悪言って」

美音の言葉に、相馬は弾かれたように頭をあげかけたが、手を見て再び頭をさげる。

「私、自分が野球やりたいとは思わないけど、皆が野球しているの見るのすごく好きなんだ。だから相馬が私と同じでも、何もおかしなことなんてないのにね」

美音が手を引くと、相馬はほっとしたように頭をあげた。

「あのさ、言いにくいのはわかるけど、多々良にもちゃんと相談したほうがいいよ。あいつなら必ず聞いてくれるから」

相馬の肩が揺れる。

「……そうっすね」

「大丈夫、失望したりなんか絶対にしない。このチームで相馬にしかできないこと、きっとあるよ」

「俺にしかできない、ですか。なんだろう」

「香山監督がいつまで経《た》っても誰でもボールは怖いんだって言ってた。だから他にも相馬みたいな人、いっぱいいるんじゃない？　それで怪我が多くなっちゃう人とか。

そういう人の気持ち一番わかるの相馬なんじゃないの？」

相馬は戸惑った様子で美音を見た。

「それはそうかもしれませんが」

「私たちは、アイシングとテーピングぐらいしかできない。それもすごく重要だけど、男じゃあなんで怪我したのかとか、弱音とか、そういうことは私たちは聞けないし、男子も言えないじゃない。でも一緒に練習してた相馬になら言いやすいだろうし、そういうこと言える相手がいるって救いになるんじゃないの？　男マネはどっちかっていうとチーム全体のサポートと対外交渉が仕事だから、一人一人には目が届かないだろうしさ」

同じくグラウンドに立つ仲間だからこそ言えない。恥ずかしくて、申し訳なくて言えない。そういうことは、誰にでも起こりうる。

だが、仲間から少し離れた場所にいる者にならば。ただ一言、わかるよ、辛かったなあ、と言ってもらえたなら。それだけで、どれだけ救われただろう。

美音の話を聞いて、相馬はしばらく黙りこんでいた。ドリンクづくりを黙々と進める横顔は、妙に真剣だった。

調子に乗っていい加減なことを言い過ぎたかな、と気まずさに口を開こうとした矢先、相馬が「いいっすね」と言った。

「俺、香山監督から紹介してもらったクリニックではじめて痛みが引いて、その時、痛くないってこんなに幸せなんだってつくづく思ったんです。それで、自分でもできないかって思って、本とか読んでマッサージの勉強とかしてて」

それは知っている。以前、休憩時間にグラウンドの隅のほうで一年生たちが固まって騒いでいると思ったら、相馬が同級生相手にマッサージをしているところだった。実験台になっている部員は、温泉につかったカピバラのような顔をしていて周囲の爆笑を誘っていた。平野によると、教室でも実験と称して練習をしているらしく、「なんかあやしい空間ができてて、きもいんですよー」と面白がるような顔で言っていた。

「いいんじゃない。皆、どっかしら痛いしね」

美音は言った。野球部には専門のトレーナーもついてはいるが、公式戦の期間をのぞけば、学校に来てくれるのは週に一度きりだ。しかもどうしても投手優先になりがちなので、たいていの選手は多少の痛みは我慢してしまう。

素人《しろうと》が手を出すのは危険だが、相馬は頭は悪くないし、そのボーダーラインはわかるだろう。ただ さするだけでもリラックスできるし、悪くはない。

「はい。痛いのは、体だけじゃないですし。甲子園行ってもらうなら、どんどん吐き出してすっきりしてもらわないと」

そう言った相馬の顔こそ、ずいぶんすっきりしていた。力みのない笑顔は普段よりずっとやわらかく繊細で、これこそ彼の本質なのだろうと自然に思えるものだった。

「やっぱりオトメンじゃん。ま、せいぜい皆を癒《い》やすオトメンになってよ」

「だからオトメンじゃないです」

「もしかしてレース編みとかしちゃう人？」

「レースは編みませんが編み物は得意です。カギ編みも棒編みもできます。なんなら伊倉先輩のマフラーとか編みましょうか？」

妙に誇らしげな表情に、美音は吹き出した。

「あんた多分この北園で一番女子力高いよ」

第四話　ハズレ

1

　球場は、朝が一番美しい。

　七月も下旬に入り、朝の九時だというのに容赦のない日差しが降り注ぐ。なにもかも漂白するような光を浴びた球場は、しんと静まりかえっていた。

　あと一時間もすれば、ここは無数の音に飲み込まれる。貴重な静寂を味わうように、巽大祐《たつみだいすけ》はふかぶかと息を吸った。

　グラウンドの土はすっかり乾いてはいるものの美しく整えられ、白線も今引いたばかりのように鮮やかである。三年生が昨日、心をこめて整備した。約二年半、毎日のように駆け回り、汗にまみれたグラウンドを、後輩の手を借りずきれいに整えた彼らは、目を赤くして一礼し去って行った。

今年の三年生は、近年で最も期待されている世代だった。昨秋の県大会では準優勝で関東大会に出場したし、春には左腕の変則エース毛利《もうり》が完全試合を達成し、ベスト8で敗れたものの投打が嚙《か》み合い夏へ大きな期待が持てた。関東だけではなく全国の強豪と練習試合を重ねて自信をつけたチームは、夏に入っても快進撃を続け、このまま甲子園だと意気をあげた。

それも、昨日の準決勝で終わってしまった。

埼玉県大会ベスト4は、立派な成績である。長い北園野球部の歴史の中でも、ベスト4に残ったのは三回しかない。

それでも当然、三年生は納得するはずがなかった。

昨日の相手は英明高校。昨年の秋に関東大会で優勝し、選抜大会に出場した強豪である。

3—4の惜敗だった。八回裏に一点差まで迫ったものの、あと一点がどうしようもなく遠かった。全校あげての応援団は、選手たちの健闘に大きな拍手を送ったが、三年生たちはまた私立に勝てなかった悔しさに泣いていた。

ゆうべのうちに、涙も慟哭《どうこく》も土深く埋められた。今は静かなこの土の下には、いったい何年、いや何十年ぶんの思いが積み重なっているのだろう。そう思った途端、大祐は身震いした。

　専用グラウンドができたのは、今から三十五年前のことだと聞いている。三十五代にわたる思いが、無念が、ここに塗り込められているのだ。見えざる手が自分を地中に引きずりこもうとしているように感じ、大祐は慌てて身を翻《ひるがえ》した。

　三塁側に張られた緑色のネットをくぐると、目の前には古びた小屋がある。見慣れた部室の薄汚れた壁に、昨日までとは違う感慨がわき起こった。

　北園野球部は人数が多いため、グラウンド脇のこの部室を使うことができるのは最上級生だけだった。大祐ら二年生は、各運動部の部室が立ち並ぶ北校舎の教室を使っていたし、一年生はそれぞれの教室で着替えて練習にやって来る。

　北校舎からグラウンドまでは距離があるうえ、なにより狭い。二十八名という人数に対してロッカーは明らかに足りなかったし、ほとんどただの荷物置き場と化していた。

　だが今日からは、この野球部専用の部室を使うことができる。三年生が昨日きちんと掃除をしていたし、荷物もすっきりと消えたはず。

　グラウンドと同じく、部室も今日、自分が一番に足を踏み入れるのだと決めていた。すみずみまで確認して、何年、ひょっとしたら何十年と放置されていた荷物なんぞを撤去してしまいたい。昔から気になっていたが、下級生であるうちは部室に自由に入れなかったために手出しができなかったのだ。

扉を開けると、むっとした熱気が押し寄せる。三年生たちが掃除をしたといっても、長年にわたってしみこんだ臭いは消えない。奥の窓を開けようとしたところで、ふと手を止めた。

部室の壁には、集合写真がいくつも飾られている。ロッカーがわりの棚の上にずらりと並んだ写真は、こうして改めて見ると壮観である。四方からじっと見下ろされているような気がして、大祐は慌てて窓を開けた。

窓の上にある写真はひときわ目立つ。唯一のモノクロ写真だからだ。

〃昭和三十三年七月三十日　県立北園高校野球部　第四十回全国高等学校野球選手権埼玉大会準優勝〃

今から五十八年前。

ここに写る世代が、北園野球部史上最高の成績だ。

だから六十年近く、最も目立つこの場所にこの写真はあり続けている。そう教えてくれたのは、監督の香山始《かやまはじめ》だった。北園のOBである彼の現役時代の写真は、モノクロの隣にある。

〝昭和六十三年七月二十八日　県立北園高校野球部　第七十回全国高等学校野球選手権埼玉大会ベスト4〟

前列中央に座っているのが、主将だったころの彼だ。坊主頭の少年が、生真面目そうな表情で写っている。

三年生たちも昨日、最後の集合写真を撮った。あれはどこに飾られるのだろう。なにしろ北園野球部は歴史が長いので、すべての世代の写真が飾られるわけではない。好成績をあげれば残されるから、監督世代と同じベスト4なら問題ないだろう。だがそうなると、すでに隙間なく埋め尽くされている写真のどれかが外れることになる。

歴史はそうやって淘汰《とうた》されていく。

だがまだ、淘汰される立場になれるならばいい。最初からはしごを外されているよりは、ずっと。

「ま、俺たちは無理だろうけど」

つい、自嘲《じちょう》の声がこぼれた。

知っている。自分たちは絶対にここには並べない。

『ハズレ世代』

入学する前から、そう呼ばれていたらしい。

当初は大祐も全く知らなかったが、事情通の一部の同級生たちは早々に知っていた。彼らは自分たちの不名誉な呼称を仲間内にすすんで知らせることはしなかったが、夏がすぎるころには、大祐たちの耳にも入るようになっていた。

ハズレの世代、ただの繋《つな》ぎの世代。

昨日引退した三年生は久しぶりに甲子園を狙える世代と言われていたが、本来そのために集められたのは大祐たちの一年下――一年生の世代である。まだ体もできてはいないが、中学軟式野球で名を馳せた投手を筆頭に、いい選手が揃っている。

彼らが三年生になるのは、ちょうど全国高等学校野球選手権が、第百回の記念大会を迎える年にあたる。

香山監督は、この年に照準をあわせたチームづくりをするために、三年前に招聘《しょうへい》された。長らく低迷を続けていた前任校の溝口高校を県大会で春ベスト8、夏ベスト16

まで引きあげ、すでに公立の名監督として地位を確立していた彼を慕い集まってきた当時の一年生が、今の三年生だ。ここも逸材が多く、香山に鍛えられた三年生は最強世代と呼ばれるまでになった。

この約束された一年生と三年生に挟まれたのが、大祐たち二年生である。

ハズレと言われて、悔しくないはずがない。中学で無名でも高校で急激に伸びる者なんていくらでもいる。撥《は》ねのけてやろうぜと互いに励ましあい続け、おかげで二年生の結束は一番固い。

しかし、現実は無情だった。

二年生二十八名のうち、今夏ベンチ入りを果たした部員はゼロだった。春には投手と野手に一人ずついたが、野手は三年生に、そして投手の枠はわずか三ヶ月前に入ってきた一年生に奪われた。

大会メンバーが発表された日のことを思い出すと、今も胸が痛む。このチームは三年生のもの、それはわかっている。自分たちは全力でそれを支え、応援するのだと決めていた。それでも、自分たちの世代をとびこえて一年生がベンチ入りしたという事実は、二年生たちを打ちのめした。

どす黒い気持ちを思いだし、大祐は慌てて首を振った。

もう、終わったことだ。これからは自分たちの世代。ハズレだろうとなんだろうと、これから一年、主役は自分たちなのだ。

「ハズレはハズレなりの意地を見せますよ」

威圧するように見下ろす先輩たちを見上げ、大祐は言った。

北園野球部として恥ずかしくない世代であるように。

「なんだ？　誰かいるのか」

扉のむこうで声がした。大祐は跳び上がりかけたが、冷静な顔を繕って自ら扉を開けた。

のんびりした足取りでこちらに近づいてくるのは、今の今まで眺めていた写真の中にいた人物だった。

「監督、おはようございます！」

写真から三十年ほど年を刻んだ香山始は、大祐を見て破顔した。

「おう、巽か。えらい早いな。まだ九時だぞ。まさか開始時間まちがえたか？」

今日の練習は十時からだ。昨日までは八時には集合していたが、昨夜の「儀式」が遅くまでかかったので、今日だけは開始が遅い。

「皆が来る前に部室の確認をしておきたかったので。監督こそ、ずいぶん早いじゃないですか」

「ああ、俺も皆が集まる前にいろいろやっておきたいことがあってな。そうだ、ちょうどよかった。これ配ってくれ」

香山は肩からぶらさげたバッグから封筒を取り出し、大祐に手渡した。封を開くと、プリントが五十枚ほど入っていた。

香山は練習がある日は欠かさず毎回、プリントを配る。

そこには当日の練習メニューに加え、監督からのメッセージ、時には格言などが書いてある。内容はもちろん日替わりで、練習が始まる前には部室に人数分置かれていた。

まめな人だな、と思う。

皆たいてい、一瞥《いちべつ》してメニューを確認しただけでプリントをしまってしまうし、労力に見合っていないのではないかとよけいな心配をしてしまう。

「ありがとうございます。あれ、今日、打撃が多いですね」

「今日は新チームの景気づけだ。ま、明日からはしごくけどな」

監督は顔を皺《しわ》だらけにして笑う。遠目には、大祐の父と同年代と思えぬぐらい若々しいが、大祐に負けず劣らず灼けた顔には父よりはるかに多くの皺がある。

「うれしいです。みんな、打ちたがってますから」

知らず、声が弾む。

昨日までは、どうしても三年生の練習がメインで、とくに打撃のケージには大祐たちはなかなか入ることができなかった。

基礎練や守備練も大事だが、やはり打ちたい。試合形式でやりたい。誰でも思うだろう。

「だろうなあ。今日は存分に鬱憤を晴らせよ。ああ、明日からのメニューはおまえらの意見も聞くからな」

「はい。いくつか考えています」

「いいね。頼もしいぞ、キャプテン」

キャプテン。

呼ばれた途端に、体に電流が走ったような気がした。また足下に、見えざる手がまといつく。

わずかに体が傾いたのを、監督は見逃さなかった。

「どうした？」

「……いえ、そう呼ばれるのにまだ慣れなくて」

「早く慣れろよ。おまえが新チームの顔になるんだからな」

「はい」

北園野球部の主将は代々指名制である。

三年生が引退する際に、監督が次の主将を指名する。やはり試合を引っ張らなければならないので、レギュラー確定の部員が指名されることが多い。

昨日、巽大祐の名が監督の口から出た時、一、二年生の顔に浮かんだのは、驚きだった。もっとも一番驚いたのは、大祐本人だ。二年生の中でも決してうまいほうではない自覚はある。

喜びよりも、戸惑いのほうが大きかった。しかし、よほどの理由がないかぎり、指名を拒否することはできない。

やれと言われれば、やるしかないのだ。

ハズレ世代の「顔」を、その世代の中でもとくにぱっとしない自分が。

なぜ、俺なんですか。その問いが、口まで出かかる。ぐっとこらえた。

訊けば監督は、それらしい答えを返してくれるだろう。きっと大祐を感動させ、奮い立たせるような言葉を。

わかっていたから、言わなかった。今、そんなもので納得したくはなかった。自分もよくわからないが、きっとこれも意地だ。

大祐は改めてプリントを見つめた。

メニューの他に、いつもの監督からの一言が載っている。今日は、「千里の道も一歩から」。定番中の定番だ。とりあえずこれを言っておけばいいか、という空気を感じなくもない。少々ひねくれすぎだろうか。

「今日から、一歩ずつ」

大祐はつぶやいた。

今日から来年の夏まで、確実に歩んでいくのだ。誰がなんと言おうと、最高のチームにするために。

2

「ストライク、バッターアウト!」

球審の声の後、「よっしゃあ!」と背後のキャッチャーが立ち上がる。

反射的に打席からさがり、大祐はため息をついた。自分が吐き出したものよりずっと大きい落胆の声が、頭上から降り注ぐ。

「ああ、やっぱりなぁ」

「完全に振り遅れてるじゃないか。今の北園じゃ、加藤は打てんなぁ」

「しゃあない、次の世代に期待だな。ま、わかってたことだろ」

スタンド前方に陣取った観客が、聞こえよがしに喋っている。事情通を自任する、評論家気取りの連中だ。大祐はスタンドの声を振り切るように顔をあげ、ベンチの仲間たちに呼びかけた。

「整列！　急げ！」

選手たちは皆きびきびと整列し、相手校に長々と頭を下げ、スタンドに陣取る応援団のもとへと走った。

「応援、ありがとうございました！」

大祐の声に、「ありがとうございました！」と元気よく選手たちが続き、また頭を下げる。ベンチから外れた部員たちと保護者が、ぱらぱらと拍手を送る。

頭を下げつつ、少ないな、と思う。

最後の大会となる夏予選とは比べものにならないとはいえ、秋の大会も春の選抜出場がかかる重要なものだ。昨年の秋は、県大会の前の地区予選から結構な数のＯＢが来ていたように思う。同じ球場、同じく週末の試合だというのに、半分もいない。

昨年の秋は準優勝で、関東大会に行った。惜しくも初戦で敗れたが、久しぶりの関東大会出場ということで、それは盛り上がったものだった。

今年は、地区予選はコールドで勝利したものの、県大会は二試合目で敗退。相手は同じ公立の強豪・浅羽《あさば》高校だ。今年の夏も活躍した加藤というエースが残っていて、手も足も出なかった。

「これが今のおまえらってわけだ」

試合後、集合した大祐たちに監督は、ゼロが並ぶスコアボードを指さして言った。あまり見たくはない光景だが、香山は目をそらすなと言わんばかりに指をさしている。

「この大会で、課題はよく見えたはずだ。いいか、お試し期間はここまでだ。ここからは、きっちり把握して、一日一日頭使って練習しろよ。キャプテン」

「はいっ」

呼ばれて、大祐は反射的に元気よく返事をした。

「明日からのメニュー、しっかり相談した上で提出するように。ふざけたもんよこすなよ」

「はい！　ありがとうございました！」

「ありがとうございました！」

自分の声に続き、選手たちの声が秋空に響く。声の威勢の良さは、前の世代にも負けていない。

その後もてきぱきと後片付けを済ませ、球場外で待ち構える保護者たちの前に整列して改めて礼を述べ、バスに乗りこむ。全ての動作を機敏に、礼儀正しく。口を酸っぱくして言っていることもあり、部員たちの動きは規律正しい。

「さあ、すぐ始めるぞ！　今日から改めて気合い入れていこう！」

学校のグラウンドに戻れば、すぐに集めて気合いを入れ、きびきびと練習の準備に入る。

皆の動きは悪くない。試合直後の微妙な空気が、払拭されている。

よし、と大祐は頷《うなず》いた。たとえ空元気でも、大きな声を出し、全力で走っているうちに、身のうちにわだかまるものは消えていく。

「中松、もっと声出していけ！　並木、あと一歩早くでれるぞ！」

練習の合間にも、積極的に仲間に声をかけていく。いいプレーがあれば即座にナイスプレーととびきりの声をかける。

どれも、当たり前のことだ。どこの野球部でもやっているだろう。

だがそのひとつひとつの精度をあげ、徹底させる。それが、大祐がまず新チームに課したことだった。

「俺たちは、日本で一番、球児らしい球児になろう」

新チーム初動の日、大祐は集まったハズレたちに言った。

初日の練習を終え、ミーティングと称して残された二年生たちは、新主将の言葉にぽかんとした。

「常に全力、今まで以上に礼儀正しく。これがチーム最初の目標だ。どうだ？」

大祐は自信満々にまわりを見回したが、反応はいまいちだった。

「どうだじゃねーよ。なんだそりゃ」

最初に声をあげたのは、副将の並木だった。彼を皮切りに次々とブーイングが起きる。

「新チームについて重要な提言があるっつーから何かと思えば、小学生かよ。みんな爽やかに元気にってか？」

「つか、うちはそもそも礼儀に厳しいし、今さらだろ」

「そうだよ、スパイクやらグラブやら並べる時にちょっと直線が乱れてただけで、どんだけどやされたと思ってんだ」

道具を大事に使うのは基本中の基本とは言われるが、とくに北園では昔から徹底されていた。新入部員がまず覚えることは、靴を完璧な直線に並べることだ。わざわざ上級生がチェックして、そこまでやるかというほど何度も直される。常に走ること、礼儀正しい挨拶、を徹底的にたたき込まれた。

「まあな、けど今となっちゃそんなもん珍しくもなんともない。強豪ならどこでもやってる。埼玉学院や英明高校なんて、むしろ俺らよりキツいだろ。力に勝る奴らにそこまでやられて、俺らが礼儀に劣るとなっちゃ恥ずかしいと思わないか？　俺らただでさえハズレって言われてんのに」

大祐がハズレと言った途端、みな一様に眉を寄せた。

挨拶は今まで、あえて避けてきた言葉だった。誰かが「どうせ俺たちなんかハズレ世代だしさ」と自嘲すれば、すぐに訂正してきた。しかし今は、あえて使う。

「だからもっと徹底すんだよ。〝常に走る〟は、〝常に全力疾走〟に変える。挨拶は今よりさらに大声で。理想の球児やるんだよ」

「巽の言うこともわからんでもないけどさ、あんまやるとわざとらしくねえ？　ガクイン以上の声だしとか頑張ってもさ、逆にハズレが点数稼ぎ頑張ってるって思われるだけじゃね」

マネージャーの不破《ふわ》は困惑を隠そうともせずに言った。立場上、保護者会やOB会とも接する機会が多い彼は、思うところも多いのだろう。

「点数稼ぎ、結構じゃないか。何が悪い」

大祐はもう一度仲間たちを見回し、不敵に笑った。あまりこういう表情は得意ではない。だがきっとこれからは必要になると思い、昨日鏡の前でこっそり練習した。

「ぶっちゃけた話、公立ってだけで、なんとなく好感度高いだろ。私立の強豪にそりゃ固定ファンは多いけどな、OBの数はうちみたいな元ナンバースクールにはかなわないし、とくにどこのファンってわけじゃない観客は、私立と公立が対戦してたらなんとなく公立応援すんだよ。そういうもんだろ？　だからそこで好感度稼ぐ」

あけすけな言葉に、不破はあっけにとられた顔をした。他の仲間たちも、戸惑った様子で顔を見合わせている。

「いやまあ、そういうところはあるけどさあ……マジぶっちゃけんな。んでなに？　好感度稼いで意味あんの？　いくら礼儀正しくってもさ、プレーで納得させなきゃハズレって認識は変わらないと思うんだけど」

「変わる。俺らの意識が変わるよ」

大祐は拳を握り、胸をたたいた。

「まずハズレって意識を消さなきゃいけないのは、俺たち自身だ。人間、形から入るのも大事だろ。先輩以上にキッチリやって、周囲の目が変われば自信もつく。なにより、誰よりもキッチリやってること自体が自信になるはずだ。それは必ずプレーにも現れる」

その後もしばらく、部員たちは微妙な表情で考えこんでいた。しかし結局、大祐の案は受け入れられた。

先頭きって実行したのは、もちろん大祐である。

何かあれば常に全力疾走、声は今まで以上に張り上げた。一年生はみな驚き、監督も「なんだなんだ」と目を丸くしていたが、かまわず続けているうちに、最初は恥ずかしがっていた二年生もやりだした。

おかげで地区予選でも県大会でもきびきび動けて、審判にも褒められた。まだまだプレー面は改善の余地があるが、この試みは無駄ではないと思う。

応援は少ないが、今日の試合の後も、保護者会やOBに「気合いが入っている。先が楽しみないいチームだ」と言われた。リップサービスにしても、今までの完全な社交辞令よりはいくぶん好意が見られるような気がした。

気のせいでもいい。認められたかもしれない、そう思えることが自分たちには大事なのだ。

貶《けな》されても腐らず、いつも通りきびきび動く。積み重ねていけば、それはいつか本物になるはずなのだ。

3

中間考査や期末考査の一週間前から、部活は休みと決まっている。どの部活も例外ではなく、野球部もテスト期間をあわせて九日も練習がなかった。

部員たちは、今日ようやくテストから解放されて専用グラウンドにとんでいったが、社会科の教師である香山には採点という面倒な仕事が待っていた。

野球部員の答案があらわれると、多少身構える癖がついた。一人か二人は必ず赤点スレスレの者が出るからだ。

赤点は、即退部である。

香山が現役のころは、そんなルールはなかった。むろん赤点なぞとれば監督の鉄拳が飛んでくるが、その後に追試や補習を受ければなんとかなった。

しかしその後、文武両道を掲げる校風に野球部の現状はそぐわない、ということになったらしい。一時、あまりに赤点が乱舞したからだと聞いた。その方針は正しいとは思うものの、テストの時期はいつも胃が痛くなる。

頼むから、赤点なぞ出してくれるなよ。そう願いながら二年生の採点を終えた香山は、へえ、と頰をゆるめた。

赤点はいない。それどころか全員、平均点を上回っている。一学期はかなりギリギリだった曾根《そね》あたりも今回は65点という点数だった。

「曾根のやつ、頑張ったな」

つぶやきに、隣で同じく英語の採点をしていた教師がこちらを向いた。

「今年の野球部は、なかなかいいですね」

「お、そうですか。英語も今回は大丈夫そうで？」

「授業中に寝ている者も少ないですね。三年生は、さすがに今はあまり寝ませんが、夏前はひどいもんでした」

「はは……」

それは弁明のしようがない。

「先週でしたか、新聞にも北園野球部は礼に始まり礼に終わる、と絶賛されていましたっけ。香山先生の指導のたまものですねぇ」

「いや、私は何もしていないんです。二年生が自主的にやっているんですよ」

「それはますます頼もしい」

そうなのだ、頼もしい。

新チームというものは、どうしても最初はどうしたいのか明確な目標が見えてこないため、ふらふらしている。だが今年の二年生は、こちらが何も言わないうちから自ら動いてきた。これは、珍しい。

最近の球児は総じてみな「いい子」だ。指示されればおとなしく従い、まず口答えをしてくることはない。

この「いい子」は、指導者の間では時に否定的に使われる。おとなしすぎて自主性がないと零す者もいる。

正直、それは香山も感じないではない。「自分の若いころはこうだった」という大人にだけはなりたくないと思っていたが、やはり指導者の立場に長くいると、物足りなく思うところも増えてきた。

だがまさか、まずこの「いい子」を逆に極めようとしてくる生徒たちが出てくるとは思わなかった。しかも、ハズレの世代が。

練習や試合ではもちろん、学業でも迷惑をかけないように。

新主将は常々そう口にしていたが、実際にテストでも成果をあげるのはたいしたものだろう。

北園に入学するぐらいだから、生徒たちは皆、地頭はいい。その気になれば、赤点を回避することはそう難しくはないだろうが、学年が団結して試験勉強に励むのは珍しかった。

授業態度もまじめで、教師たちの受けもいい。英語の教師に言われた通り、先日取材に来た新聞記者にも褒められた。その記者はそもそも、秋大会での北園のすがすがしさに感銘を受けて取材を申し込んできた。

ハズレ世代。二年生は、自分たちがそう呼ばれていることを知っている。それを自ら撥ねのけようとして、まずは意識改革に取り組む姿勢は全くもって頼もしい。

「頼もしいんだがなぁ……」

次の答案を見下ろし、香山はため息をついた。

巽大祐。

ざっと見たところ、正解だらけだ。

日本史に限らず、彼はどの教科も高得点で、オール5だ。本人には言っていないが、主将に選んだ要因のひとつでもある。

今回は満点かと思われたが、小さなケアレスミスがあった。人名の漢字が一文字、間違っていた。

勢いよくマルを立て続けにつけていた中、ひとつだけ×をつける時、妙に胸が痛んだ。

ハズレ世代。OB会が遠慮なく今の世代をそうこき下ろし、早々に一年生を主体にしたチームに切り替えたほうがなどと暴論をはいた時には、自分でも驚くぐらい頭にきた。

「高校生は可能性の塊です。最後の一年、最後の一ヶ月で我々には考えつかないような成長を見せることを、皆さんも我が身をもってよくご存じのはずではありませんか。彼らは必ず成長しますよ」

笑顔でOB会の文句を封じたが、その実、自分に嫌悪を覚えてもいた。

決して人に言ったことはないし、ちらとも態度に見せたことはないが、巽たちをハズレ世代だと思っているのは、事実だからだ。

教師として、監督として、そんなことはあってはならない。それはわかっている。

だが建前と現実はどうしてもちがう。

もともと彼が北園に呼ばれたのは、再来年のためだ。自分たちが現役で達成できなかった甲子園出場の悲願を今度こそ果たすために。

北園野球部のOBには中学校の教諭も多いため、有望な選手の情報も集まりやすく、勧誘もしやすい。そこは伝統校の強みだ。毎年いい選手がとれるわけでもないのだが、たいてい各学年に一人か二人は入ってくるものだ。

しかし今の二年生には、珍しく一人もいない。中二のころからしばしば声をかけ、確実に北園に入ると思われていた投手の有望株・加藤は、土壇場で志望校を変え、野球部の成績も偏差値も劣る浅羽高校のほうに行ってしまった。これにはOB会からもずいぶんお叱りを受けた。

おかげで二年生には、核となる選手が誰もいない。

皆、決して下手なわけではない。飲み込みは早いし、ここを重点的にやれと指示すれば黙々と練習する。プレーも大きなミスをするわけではない。なにより結束が固い。だが、これぞという強みがない。本当にどこもかしこも平均的なのだ。正直、いちばん指導に困るパターンである。

前任校やその前の学校では、もっとデコボコのチームを指導したこともある。初任校では、新入生の半分以上が初心者ということもあった。

二十数年、指導してきたチームを顧みれば、今の二年生チームの力量は確実に上位には入るだろう。

それなのになぜ、自分はこれほど彼らをもてあましているのだろう。

理由は、わかりきっている。

甲子園だ。

今までの学校では、甲子園出場までは求められていなかった。もちろん前任校の溝口高校などはかつて甲子園ベスト4という輝かしい歴史があるので、あの夢をぜひもう一度、と校長に熱心に語られたことはある。しかし現実の問題としてそれは難しいことを、先方も承知していただろう。

北園はちがう。最初から、甲子園に行くために香山を呼んだ。そして香山も、自分の中に強い願いがあったから、引き受けた。

決めた世代があるならば、そこに全力を注ぐ。そういうものだ。全ての世代に平等に力を注ぐことなど、不可能なのだから。

今年の三年生は嬉しい誤算で、ひょっとしたらと香山でも思った。それでもやはり夢は届かず、本来の予定通り再来年に向けてチームづくりを始めたところだ。試合では投手を中心に一年生もどんどん使っている。今から試合に慣れさせ、怪我に注意して育成していけば、二年後には立派に全国で通用する投手になるだろう。

間に挟まれた巽たちは、本当に気の毒だと思う。三年生を上回る成績をと願う気持ちも、嘘ではない。あの一年生投手が一試合投げられるぐらいにスタミナをつけ、順調に成長すれば、来年の夏はそこそこの成績まではいけるだろう。

だが経験上、彼らにはそれ以上は無理だろうということもわかっている。下級生投手ひとりで私学四強戦を勝ち抜けるほど、県予選は甘くない。

北園野球部主将は監督の指名制で、去年もおとといもすんなり決まった。だが今年はずいぶん悩んだ。

巽大祐に決めたのは、彼が一番無難だろうと思ったからだ。野球のセンスは正直ない。しかし練習は非常に真面目だし、常にまわりをよく見て気を配れる生徒だ。校内で指折りの優等生でもある。正直なところ、彼を主将に据えておけば、誰からも文句はなかろうという打算もあった。本人には絶対に言えない。

だが、巽は聡明な生徒だ。おそらくは、自分が選ばれた理由を理解している。自分の学年の限界もわかっているだろう。その上で、役目を果たそうとしている。

「昔の俺に、爪の垢を煎じて飲ませたいわ」

巽大祐ときれいな字で書かれた名前の横に、99、と赤ペンで記す。

どれほど頑張っても、満点にはなれない。

香山は、自分がひどく汚れ、残酷なことをしているような気分になった。

指導者として、今度こそ悲願を。

そう願うことは、容赦なく切り捨てることと同じなのだ。

4

二学期中間考査の後は、毎週末ごとに練習試合が詰まっている。一日最低でも二試合、ときには三試合ということもあり、土日が終わるころにはへとへとだ。

しかし十二月に入ると対外試合はいっさいできなくなるので、北園野球部は片っ端から試合を受け、時には県をいくつもまたいで遠征することもあった。

今日の相手は隣県の強豪、高村《こうむら》学園である。今秋関東大会出場も果したチームは、当然ながら強かった。

こちらの先発の三枝《さえぐさ》が一年生だからというわけでもないだろうが、高村の先発も一年生だった。が、そう言われてもにわかに信じられない。

成長期の真っ最中で、鍛えていてもまだまだ細い一年生の三枝に比べ、高村の投手はひとまわりもふたまわりも大きい体つきをしていた。マウンドに立つと、さらに大きい。長い左腕をしならせて繰り出されるクロスファイヤーとスライダーに、大祐たちはなすすべもなかった。

ただでさえ左に極端に弱いのに、埼玉にもいないような長身相手では、腰がひけてしまう。

「あのなおまえら、気圧《けお》されてないでよく見ろ。あれなら埼玉学院の西條《さいじょう》とかのがよっぽど手強いだろ。今日の相手はまだまだ力押しだ、直球狙っていけ」

三振と凡打の山を築く選手たちに、香山監督は呆れた顔で言った。

スコアは五回終わって0—3。こちらは安打ゼロ。三枝は初回に四連続四死球を出し、タイムリーが絡んで二点を失い、さらにサードのエラーでつまらぬ失点を許してしまった。ミスをしたサードの中松はすぐにマウンドに行って謝罪をし、三枝も「ドンマイ」と頷いたが、ベンチに戻ってからもあからさまに機嫌が悪い。

厭な空気だ。

次の攻撃は、八番の大祐から。ここはなんとしても出塁して、この停滞した空気を破らなければならない。

ひときわ気合いを入れてバッターボックスに入ったものの、やはりここから見る高村の一年生投手はとてつもなく大きい。

相対した瞬間に、無理だ、と心が悲鳴をあげる。

投手だけではない。その後ろを守る内野手たちも、妙な威圧感がある。絶対にここは抜かせないと、一人一人が語りかけてくる。その見えざる壁の、なんと強固なことか。

どれだけ気合いを入れても、バッターボックスに入った瞬間、もう力負けしてしまう。体が強ばり、自分の鼓動がうるさくて集中できない。気がつけば重い球が飛んできて、その風圧によろめきつつ見送ってしまう。そして追い込まれて、見逃し三振だけは避けたい思いで振り抜き、あっさり三振。

一打席目はそんな情けない形で終わってしまったから、今度こそはと深呼吸をする。

だが、同じだった。今度は一度ファウルにしたが、五球目で三振をとられた。うなだれそうになったが、アウトのコールと同時に全速力でダグアウトに戻る。いつでも、どこでも全力疾走は忘れてはならない。

「よく当てたよ巽」

「次は打てるぞ！」

ベンチに戻ると、賑やかな声に迎えられた。他の者は、次の打者に声援を送っている。

どの試合でも、北園ベンチから声が途切れることはない。どんなに雰囲気が重くとも声を出そうと決めてあるからだ。

だが不思議なことに、打席に入ると味方の声が聞こえなくなる。

いつもではない。昨日の試合では聞こえた。今日は一打席目も今の打席も聞こえない。

どういう時に聞こえなくなるかは、もうわかっている。決まって、強豪と名高い私立が相手の時だ。

今日の高村学園も、何度も甲子園に出場している全国クラスの強豪だ。そんな相手と練習試合ができるのは幸運なことだし、なんでも盗んでやるぞと意気込んではみるものの、いつも強豪特有のオーラにやられてしまう。

いや、オーラ以前に、自分たちが相手の名前に震え上がってしまっているのだ。

この回もあっさり三者凡退となり、攻守交代となる。守備についていた高村の選手たちは、みな全速力で戻ってくる。

きびきびと、常に全速力で、礼儀正しく。集中してプレーを。

大祐たちが掲げる目標を、ごく自然に、いとも巧みに彼らはこなす。

ああ、やっぱりかなわないのかなぁ。まだ秋なのに、もうこんなに圧倒的に差がある。

　そう思いかけて、慌てて頭を振る。

　何を弱気になっているのか。差なんて、あって当たり前だ。名門からできるかぎりのことを学び、また私立相手でも尻込みしないように場数を踏むために、今こうしてふんばっているのではないか。

　まだ、これから。今は相手にならなくとも、一冬越せば必ず。

　頰をはたいて自分に言い聞かせ、大祐は全速力で守備位置に向かった。

「言うまでもないが、力負けだ。いや、その前に名前に完全にびびってる。おまえら、ここまでさんざん強豪とやってきたんだから、そろそろ慣れろ。練習通りやれば、勝てない相手じゃないんだぞ」

　試合後、香山は一同を見回して言った。

　この言い回しも、最近はすっかりおなじみになってしまった気がする。

「帰ったらファーストストライクから打つ練習だ。ペッパー中心に徹底しろ。キャプテン、今日のミーティングでしっかりメニュー決めろ。あと全員、日誌は必ず五行以上書くように。三枝は帰ったら走り込みと8の字タイヤ押しな」

言葉のわりに穏やかな香山に大祐たちはひとつずつ「はい！」と返事をしていたが、三枝だけは最後に「えー」と不満をあらわにした。

皆、ぎょっとして三枝を見る。彼は苛立ちを隠そうともせずに香山を見ていた。

「俺だけキツくないですか。最初の四死球は悪かったですけど、後の失点はぶっちゃけセンパイたちのミスが続いたせいなんすけど。俺がそこまでやるなら、センパイたちも打撃より守備練もっとやったほうがよくないですか」

サードの中松が、ぐっ、と喉を鳴らしてうつむいた。

「今おまえが言った通り、四死球を連発しなけりゃエラーも出ない。自分が守備のリズムを崩したことを自覚しろ」

「……さーせん」

香山の険しい声に、三枝はむっとした様子ながらも引き下がった。

しかし、全く納得はしていなかったのだろう。相手主将との挨拶が長引き、すでに皆が乗ったバスに向けて急いでいた大祐は、前方をのたのたと歩く三枝ともう一人の一年生に気がついた。おい、ちゃんと走れ、と声をかけようとしたが、風に流れてきた声に口を閉ざさざるを得なかった。

「俺が四死球出したっつーけどさー、そもそもあんなひっきりなしに意味ない声かけられりゃ、集中なんかできるかっての」

おいやめろよ、と焦ったような声がかかる。たしなめたほうの一年生は、すでに足音に気づいているはずだ。

「まあセンパイたちの気持ちもわからないでもないけどさ、いい子ぶりっこにつきあうのそろそろ限界なんだよ。調子狂う一方。とにかく元気にやってるふり、って一番うざくねえ？　あんなの、本人がなんか頑張ってる気になるだけの自己満足でしかねーし」

三枝はますます声を高くして言った。明らかに彼も、こちらの存在に気づいている。大祐は動けなかった。その場ですぐ、近寄って叱責すべきだったのだろう。だが、できなかった。

頑張ってる気になるだけの、自己満足。

その言葉が、大祐の足を地面に深く縫いつけていた。

「なあ、監督さー、やっぱ前と態度ちがくね？」

ぶじ学校に帰り着き、練習をひととおり終えての帰り道、中松がぼやいた。

「そうか？」

別のことで頭がいっぱいだった大祐はあからさまに空返事をしたが、中松のほうも頭がいっぱいだったらしく、気分を害した様子もなく「ぜってーそうだって」と深刻な顔で頷いた。

「何がちがうんだ」

「いやだって、俺がエラーした時もなんも言わなかったじゃん」

今日の試合、中松はタイムリーエラーを二度もした。三枝が憤然と指摘したミスだ。四死球連発から二点とられた後、なんとかツーアウトまでもってきたところだったので、必ずアウトにしなければならない場面だった。しかし中松は、普段ならば問題なく捕れる球を零してしまった。後半にも送球ミスで失点している。三枝が怒るのも無理はなかった。

二回目のエラーの後は監督に殴られても無理はない、と中松は死地に赴く兵士のような顔でベンチに戻った。

しかし監督は、青ざめる中松を見て、

「次は気をつけろ。切り替えてけ」

と言っただけだった。

中松はもちろん、部員たちは拍子抜けした。

夏までは、監督の怒声が響かない日はなかった。

しかし新チームになってからというもの、監督はあまり怒らない。試合から学校に戻り、練習に入ってからも、監督はいつも通りにノックをこなし、ときどき指示を飛ばした。しかしかつてのような恐ろしいほどの気迫はなかった。

「なんか逆に怖いっていうか。先輩が試合でエラーしようもんなら、めっちゃどやされてたじゃん」

「まだ秋だぞ。最初にあんま萎縮《いしゅく》させてもしょうがないってことだろ」

「いやいや、去年は秋からかっとばしてたじゃん。まあ怒られないのはいいことなんだけどさ」

隣を歩く中松が、急に伸びをした。緊張している時や、迷いがある時にやる癖だ。だから次に何を言うか、大祐には簡単に予想ができた。

「なあ、やっぱさ……俺らなんかしごいても無駄だって思ってんのかな」

「そんなわけないだろ」

予想通りの言葉に、大祐は間髪いれずに否定した。だが、勢いがよすぎたらしい。

中松は苦笑した。

「あー、やっぱおまえも感じてたか」

「……最近みんなが言ってることは知ってるけど、俺はそう思ってない」

「だよな。やっぱみんな、感じるよな」

「いや聞けよ。俺は思ってないって。監督、ちゃんと毎日グラウンド来て指導してくれてんだろ」

「それは普通だろ。でもほんと怒らないじゃん。先輩にはなんかしら毎日怒鳴ってたのに」

「怒鳴られたほうがいいのかよ。マゾか」

「じゃなくてさー」

なかなか伝わらないことにいらついたのか、中松は坊主頭をがりがり掻いた。

「俺たちにはわりと甘いけど、三枝とかにはだいぶ厳しいじゃん」

「……まああいつは性格アレだし」

数時間前の、あの光景が甦る。背を向けたまま、二年生への怒りをぶつけていた一年生。生意気だが、彼の言葉は正しい。だから自分は足を止めてしまったのだ。

きっとあの時、大祐が近づいていけば、彼は堂々とこちらの目を見て、もっとはっきりと二年生の欺瞞《ぎまん》を指摘したのだろう。

「まあアレだけど、それだけじゃないだろ。怒鳴られんのってむかつくけどさ、やっぱ人を怒鳴ったりすんのってエネルギー使うだろ。八つ当たりで怒鳴りちらすクソジジイなんかは別だけど、まあ監督ガチギレすんのって俺らの目から見ても先輩がちょっとたるんでる時とかだったし。俺らもべつに目立ってサボってるわけじゃないけど、全く怒鳴られないってのはやっぱ違和感あるっつーか……結局、俺らにそこまでエネルギー使うのめんどくせえって思ってんじゃねえかなって」

一気に言った後、中松はふてくされたような顔をした。大柄な中松は、そのプレーにふさわしく大雑把、よく言えば豪快な性格をしている。その彼が言うからには、すでにチームの多くの人間が強く感じているということなのだろう。

「俺からすると、おまえらのほうがよっぽどめんどくさいと思うけどな」

あきれた風を装って大祐が返すと、中松はむっとした。

「そりゃおまえは監督の信者だから、わかんねえかもしれないけど、やっぱそういうのあるって」

「べつに信者じゃねえよ。主将だから、監督と話す機会が多いだけで」

「監督とどんな話するわけ」

「どんなっつっても、練習メニューとか練習試合のこととか。監督、ちゃんと見てくれて的確な指示くれるだろ」

「そうだけど……」

「俺だって全面的に監督を信じてるってわけじゃないけどさ、そういう差別はしない人だと思う」

大祐は力強く言った。半ばは自分に言い聞かせるためでもあった。

監督は、自分を主将に指名してくれた。おまえがこのチームの顔だと言ってくれた。理由はどうあれ、任されたからには、全力で信頼に応えたい。いいチームをつくりたいし、香山はそれを理解してくれる監督だと信じている。

そうだ、信じている。今は、まだ。

「そりゃ俺も、監督がわざと差別化はかってるとか思わねーよ。よくやってくれてるとも思う。でもさ、人間なんだから、やっぱハズレは適当にいい感じに見送って、本命に力を入れたいって思うのはどうしようもないんじゃねえかなって……」

中松は自分の言葉に傷ついたように、顔をくしゃくしゃと歪めた。

「いや、でも俺らは……まあミスとかはあるけど、練習中とか怒られるようなことしてないし……」

反論は、我ながら弱々しかった。

そうだ。自分たちは誰よりも熱心に、元気に練習をしている。まるで、監督の目を晦《くら》ますように。決定的な指摘がなされる隙を、与えぬように。

「うん、けどさ……あれで得ることもあったけど、なんかやっぱ最近、無理を感じるっていうか……おまえには悪いんだけど」

中松は言いにくそうに言った。

ああ、そうか。彼らも三枝と同じように、違和感を抱えていたのか。

彼らの意識を変えるために、と考えていた。なんという思い上がりだったのだろう。一番ハズレであることを認めたくなかったのは、自分自身だったのではないか。ありていにいえば、監督の目の中に、諦めを見たくないだけだったのかもしれない。

大祐はこの日はじめて、自分の中にある澱《おり》に気がついた。

5

月曜には、「クマ」と呼ばれるトレーナーが部にやって来る。大きな体に人なつっこい笑顔の人物で、最初にクマさんと呼んだのは昨年卒業した代の女子マネージャーだと聞いた。

マネージャーにもすぐに懐《なつ》かれるほど穏やかな相馬《そうま》トレーナーは、腕もいいが相談相手としても最適で、彼の施術《せじゅつ》を受けたがる選手は多かった。

とはいえどうしても投手が優先されることもあり、大祐はほとんどトレーナーにマッサージを頼んだことはない。新チームになった時に一度だけ「おまえ、受けとけ」と監督に言われてお願いしたことがあるだけだった。

その時は「君はやわらかい筋肉をしているなぁ」と感心された。今に至るまで故障らしきものを経験したことがないので、外でマッサージの類に通うこともなく、ただストレッチだけは念入りにやっていた。

だから、春休みがじき終わるというころになって相馬のほうから「久しぶりに巽君を診たいんだけどいいかな」と声をかけられた時には驚いた。

「ありがとうございます。でも俺は問題ないです」

ほとんど反射的に笑顔で答えた。全体練習の終わりに元気のよい挨拶で締めた直後だったので、その余韻で声もずいぶんはきはきしていたのが我ながらおかしかった。

「そうかい？　遠慮してない？」

「いいえ、本当に問題ありません。あ、でしたら一年生をお願いしてもいいですか。彼らも練習試合が続いて、疲労していると思うので」

「三枝君たちはさっき診たよ」

もちろん知っている。

この春休みは、ほとんど毎日、練習試合が詰め込まれていた。レギュラーのAチームは二十名中八名が二年生である。うち投手は二名。この冬、北園出身の元プロ野球選手・宝迫《ほうさこ》の指導を受けて球速がずいぶん増した三枝は、ここ数日は完全にエースとして起用されていた。

そのためマッサージも優先される。三枝は、厭なことは厭だとはっきり言う性格をしているが、こういう時は「先輩を先に」と上級生をたててはくる。が、今や上級生のほうが遠慮して、三枝を優先させてしまう。

二年生の投手陣は、悔しい思いをしているだろう。しかしそれよりも、万が一、三枝が故障してしまったらという恐れのほうが大きかった。

いや、三枝だけではない。ハズレではない後輩たちを大事にしなければ。そういう思いが、浸透している。

「はい、でもBチームの投手陣も練習試合が続いていて疲れていると思うんで、お願いします」

「二年生だって同じだろう」

「俺たちは二年目だからある程度トレーニングの加減もわかりますが、一年生はまだ自分の体のことわかってなくて無茶しますから。心配なんですよ」

冬に入るころから、一年生たちは非常に熱心に体づくりに取り組むようになった。トレーニングへの熱中ぶりは二年生も驚くほどで、なぜそこまでやるのかと一度尋ねたところ、一年生のリーダーが少し気まずそうに答えた。

「高村の一年生見て、自分らがいかに貧弱か思い知ったんです。だから、足引っ張らないように気合い入れ直そうということになりました」

なるほど、殊勝な心がけだ。大祐は納得したように頷いてみせたが、そもそも自分も練習試合の後で同じことを言ったはずだった。主将の言葉はとくに彼らに響くことはなかったようだが、おそらく三枝あたりが同級生に発破を掛けたのだろう。なんと言ったかは、薄々想像がつく。

大祐たちはまだ「理想の球児ごっこ」をやめてはいない。正確にはやめ時がわからなかった。新聞にもとりあげられ、ＯＢや地元ファンからも好評なので、続けざるを得ないのだ。

それは一年生も承知しているので、表だって反抗してくることはない。三枝も、高村との練習試合の後、聞こえよがしに愚痴を言ったきりで、その後は「元気よく」走りまわり、声も出している。

表向き茶番につきあいながら、一刻も早くレギュラーを奪いとる。態度と実力が釣り合った新チームを春にはつくる。彼らはおそらくそう決めたのだ。

それを二年生も薄々察してはいる。焦りを募らせ、腹立たしく思うと同時に、それが一番望まれた形だろうという諦めの気持ちもある。だから負けじと練習に打ち込みつつも、無茶をしがちな下級生の体調にも人一倍気を遣う。

一年生を慮ってのことではない。彼らに傷をつければ、ハズレはもう、誰からも見向きもされなくなるからだ。

「うん、でも二年生も大事だろう」

相馬は穏やかに言った。

「自分もそうだったからわかるけど、無意識に痛みをなかったことにして悪化させることもあるからね」

「でしたら……ああ、並木が左足、中松が肩胛骨《けんこうこつ》のあたりにちょっと違和感あるようなので、時間あったら診てやってもらえませんか」

立て続けに頼むと、相馬は感心したように頷いた。

「よく見ているね巽君、さすがだ」

「ただ単に、一緒にいる時間が長いですから。それに結構みんなロッカーでぼやいてますし。あ、監督には内密にお願いします」

少し悪戯っぽくお願いすると、相手は心得たように「わかっているよ」と微笑んだ。

仲間内ではどんなにぼやいても、みな監督の前では不調を極力隠そうとする。

体をいじめ抜いた長く苦しい冬を終え、あと二週間で春の地区予選が始まるという時期だ。誰だってレギュラーをとりたい。

とくに、今Aチームにいる二年生たちには、一年生に入りこまれたらもう二度と出番がないかもしれないという恐怖がある。一年生が倍練習すれば、さらにその上をいこうとする。

「わかった。でもまずは君だよ、巽君」

相馬はなかなか引き下がらない。いかつい顔に浮かぶやわらかい笑みが、だんだん癪《しゃく》に障《さわ》ってきた。

「いえ本当に俺は必要ないですし、これからノックを……」

「僕が見て必要だと判断しているんだよ。それほどひどいのに自分でわからないのでは、主将失格だな」

大祐は言葉を失った。相馬は笑顔のままだった。微妙な空気が流れる。

「……では、お願いします」

そう頭を下げるほかなかった。さすがに、いつもの「元気な」声は出なかった。

部室の外からは、ひっきりなしに声が聞こえてくる。すでに夜の九時近くだというのに、部員たちは疲れを知らない様子で走り回っている。

部室の机を前にして、マネージャーが記した今日の記録を確認していた香山は、のっそりと入ってきた人影に「どうだった」と顔もあげずに尋ねた。

「体、ガチガチでしたよ」

相馬は意気消沈した様子で、机上の棚に手を伸ばした。勝手知ったる様子で客用のマグカップを出し、インスタントコーヒーを淹れる。そこで香山は、自分のコーヒーがまだ半分以上残っていることに気がついた。口に運ぶとすでに冷たい。

「そうだろうな」

「あれだけ気を張り続けていれば仕方ありませんが。人一倍いい筋肉をもってるので簡単に故障したりはしないでしょうし、メンテもしっかりしているようですからね。さすが近年希に見る優等生キャプテンです」

「で、吐いたか」

「刑事ですか。何も言いませんでしたよ」

「ふうん、生徒は君にはなんでもべらべら喋るからいけると思ったが君でも駄目か」

「彼は言いませんよ。一人で抱え込んで自滅するタイプです」

「そうなんだよ」

冷めたコーヒーを一気に飲み干し、香山はため息をついた。

「参った。これだから頭よくてお行儀いい連中は困る。あいつら二年も一年生も、不満あるなら、刃向かうなり喧嘩するなりしろってんだ。若いのに空気読みすぎだろう。三枝あたりが爆発するかと思ったが、あいつもヘンな方向行くし」

「いや、若いから空気読みすぎるんじゃないですかね」

「……まあ、そうなんだろうが」

香山はがりがりと頭を掻いた。

事前によく考え、観察し、あらゆるマイナスを回避する。それ自体は結構だが、今の生徒は怒られることや人との摩擦を極端に恐れる傾向がある。

とくに、今の二年生世代にはそれが色濃く見られた。ハズレと言われ続けた反動なのか、たまたまなのかはわからないが、香山は彼らを叱ることがほとんどできなかった。もともと頭ごなしにどやしつけるようなことはここ五年ほど控えているが、尻をたたかないとなかなか自主的に動いてくれなかった三年生に比べると、今の二年生はなんでも真面目にやるので怒りようがなかったということもある。威勢のよさがまだ形だけなのは気づいていたが、いつか身になればと思っていた。

だがそれがどうも、かえって彼らの不信と不和を招いているらしい。

いや、本当にそれは不信と言えるのか。自分の中にたしかに、扱いに困るという思いがあった。敏《さと》く、劣等感を抱える生徒たちは、それを正確に読み取っただけではないか。

冬を越えても、問題はなにも解決していない。表面化せず、傍目には一致団結しているようにすら見えるほどなので、どこから手をつけていいのか難しい。

いっそ空中分解覚悟で強引に介入するという手もなくはない。実際にそうやって、かえってチームがまとまったことは幾度もある。しかし彼らに果たしてそれは通用するのか。

それに来年には今の一年生をメインに甲子園に行かねばならないし、あまり傷を残したくはない。

しかし今の二年生にとっても、「最後の夏」は一度きりだ。

結局どちらにもいい顔をしたい迷いが、今の状況を生み出したのではないか。あげくに、トレーナーをつかって生徒から本音を聞き出そうとは。自分はいつからここまで臆病な指導者になったのか。

ふと視線を感じて、顔をあげる。

二十九年前の自分が、じっとこちらを見下ろしていた。

「どんな時も、笑う」

香山はつぶやいた。相馬がこちらを見る気配がしたが、彼は何も問わなかった。

「最後まで本気で笑っていられるチームをつくりたい。そして甲子園に行きたい。それが、監督を目指したきっかけだったんだよな」

今でも思い出す。

最後の夏。最後まで楽しそうに笑っていた、溝口のキャプテン。自分とは何もかもが正反対だった。いつも三塁コーチャーとして、誰よりも大きな声で仲間を鼓舞し続けていた。声が嗄れても、いつも笑顔で、本当に楽しそうだった。

こういうチームじゃないと甲子園に行けないのだ。あの時あんなに強く思ったではないか。

「はい。彼らにも笑ってほしいですね」

相馬も静かに同意した。彼もかつては甲子園への期待を背負って入学してきたが故障で早々に裏方に回り、「それからのほうが充実して楽しかった」と語った男だった。

香山は頷き、カップを置いて外に出た。

部室の横には桜の木がある。やたら大きいわ、毛虫が出るわで邪魔に思うことも多いが、この季節だけはなかなかいい。蕾《つぼみ》は膨らみ色づいて、あと一日か二日でいっせいに花開くことだろう。

グラウンドに目をやれば、光量が明らかに足りないライトに照らされて、部員たちは休む間もなく動き続けている。灯りが届く外野ではコーチが打つノックに走り回り、そのむこうではタイヤを引きながら走る者がいて、内野ではバランスボールなどの器具を使ってトレーニングに励んでいる。

いつも同じ光景だ。グラウンドの下に、何があろうとも。

もうじき、花が開く。毎年必ず咲くように。

ならばより美しい花が咲くように、自分も肚《はら》を括《くく》らねばならないようだった。


（第五話に続く）

第五話　悲願

1

　球場に降り注ぐ日差しは、穏やかだ。四月半ばに地区予選が始まったころは底冷えする日もあったのに、ゴールデンウィーク中日にあたるこの日は、春を通り越して初夏の気配がする。

　すでに桜は散り、球場近くに植えられたツツジが満開を迎えている。良い気候だ。グラウンドにいても気を抜けば、つい眠くなるほどに。

「いいぞー三枝《さえぐさ》！」

「ナイピー！　あと一人！」

　すぐ傍らであがった大声に、大祐《だいすけ》は我に返る。慌てて周囲を見た。ベンチにいる仲間たちはみな、グラウンドに向かって声をかけている。

9回表、ツーアウト。大祐が覚えているのは、先頭打者を出した後バントで送られたところまでで、今、走者はさきほどと同じく二塁。うとうとしている間に三振でもとったのだろう。

「三枝しっかり！　みんな集中！」

大祐は声を張り上げた。言いながら、自分でおかしくなる。試合中にベンチで居眠りしておいて、どの口が言う。そもそもグラウンドの選手たちは、ぱっと見てもわかるぐらいに集中を維持しているではないか。

春季県大会準々決勝、対戦相手は昨年夏に三年生たちが同じく準々決勝で惜敗を喫した英明高校である。九回表現在、スコアは1－0の英明リード。あの年と同じ一点差だ。

それだけに、選手たちの気合いが違う。マウンドに立つのは、二年生の三枝有紀《ゆうき》だ。球場に来ているであろうスカウトの多くは対戦校の英明高校と、この次の試合に出てくる埼玉学院が目当てだろうが、三枝を見に来た者もいるだろう。

冬の間にひとまわり大きくなった下半身は、課題だったコントロールを安定させたし、上体が突っ込む癖もずいぶんと改善された。球速は、この春季県大会で何度か一四〇キロ超えを記録している。

投げる姿は自信に満ちて、背番号1に相応《ふさわ》しい。この春は、初戦以外すべて先発をつとめ、先日の浅羽高校戦では完封した。浅羽は昨年秋の大会で敗れた相手で、やはり好投手の加藤を抱えている。しかし加藤は調子を崩しており、面白いほど北園打線が繋《つな》がって、7―0の七回コールドで快勝となった。

昨年の雪辱を果たし、意気揚々とのぞんだ今日の試合も、三枝は立ち上がりを攻められ一点とられたものの、その後はランナーを出しても抑え続けている。強力打線相手に八回と三分の二を投げ、さすがに肩で息をしているが、昨年スタミナ不足を痛感してとにかく体をいじめ抜いただけあって集中力は切れていない。

三枝の力投に引っぱられるように、野手たちも英明の鋭い打球に負けず、守備でエースをもり立てている。あいにく攻撃ではまだ点を取れてはいないが、誰も諦めていない。

二塁のランナーをちらりと気にした後、三枝がモーションに入る。初動から投げるまでが速い。昨年は塁を盗まれ放題だったため、モーションも冬に徹底的に改良した。

第一球、打者は見送った。外角低め、ギリギリのストライクコース。決め球にしてもいいような、キレキレのスライダー。英明打線は試合序盤こそ早打ちだったが、三枝のコントロールの冴えを見て、じっくり見極めていく方法に切り替えた。しかし今日の三枝は絶好調だ。回を重ねるごとにキレが増していく。一球ごとに自信に溢れ、微妙なコントロールも自由自在。

あっさりと追い込まれた打者は、一球目と同じ外のスライダーを流し打つが、明らかに苦し紛れだった。セカンドゴロでチェンジとなり、三塁側のスタンドからは歓声が沸いた。

「いいぞー三枝！」「埼玉ナンバーワンだ！」

喜びの声がいくつも降ってくる。ゴールデンウィーク中ということもあって観客が多く、北園関係者も多く詰めかけていた。

「必ずチャンスつくるぞ！」「繋ぐこと考えよう」

ベンチ前に戻ってきた野手たちは、気合いの漲《みなぎ》った顔でそれぞれ声をかけあっている。実際、安打は今まで五本出てはいるのだ。昨年秋のように、手も足も出ないわけではない。

点差はわずか一点。攻める気持ちさえあれば、必ずチャンスは巡ってくる。そういう気概が充ち満ちて、自然と円陣が組まれる。

ベンチで選手たちを迎えた大祐は、その輪の中に入るのが遅れた。が、すぐに近くにいた捕手の飯田が気づき、スペースを空ける。それでも一瞬ためらう。ベンチの奥に立つ監督を見ると、顎で「行け」と示された。監督は、選手たちの気持ちが乗りに乗っている時は決して指示めいたことは言わない。大祐はぐっと拳を握り、足を踏み出した。

「すっげえいい流れが来てる！　おまえらが呼び寄せたやつだ」

大祐は笑顔でまわりを見回した。エース三枝、捕手飯田をはじめ、ナインのうち五名が二年生である。皆、真剣に大祐の顔に見入っていた。

「カットしまくったおかげであっちの辺見《へんみ》の球も浮いてきてるし、バッテリーの配球は単調だ。追い込むと遊び球なく、だいたい縦スラで仕留めにくるから、粘ってカットしたら必ず打てる」

ああ、俺、すげぇ当たり前のことしか言ってねえな、と思う。言うまでもない、みなわかっていることばかり。

以前そうぼやいた時に、「でも巽《たつみ》が言うとなんかすげえこと言われてる気になるのはある」と中松に慰められたことがある。歯切れのいい口調で、やる気を奮い立たせる節回し。人には絶対に見せられないが、こっそり練習してきた甲斐はあったのかもしれない。

今も、みなから「うっす！」と明るい声が返ってきた。三枝すらも、目をぎらぎらと輝かせて大祐を見ている。

「塁出たらどんどん先狙ってこう。キャッチャーも強肩って触れ込みだけど、コントロールがよくない。全然イケる。俺らもよく見とくから、皆でまずは一点とろう。つかぜってーとれる。いいか、勝つぞ！」

「勝つぞ北園！」

気合いの漲るかけ声とともに、打者が走って打席へと向かう。一番からの最高の打順だ。

他はベンチに入り、そのまますぐに声を張り上げて応援する。両手をメガホンにし、拳を叩き、気勢を上げる。

ああ、いいチームだな。大祐はしみじみ思った。

長い冬を越えて、彼らは花開いた。苦しい努力が報われるのは、素晴らしい。

「冬は必ず春になるってな」

吐き捨てたようなつぶやきは、歓声にかき消されて大祐の耳にもきちんとは届かなかった。

英明高校には結局、0―1で負けた。

最高の雰囲気で迎えた九回裏は、ポテンヒットとスチール、フライでの決死の進塁で二死三塁まで相手を追い詰めたが、残念ながらあと一歩及ばなかった。

春季県大会の成績は、ベスト8。三枝たちはたいそう悔しがったが、昨年秋の絶望的な状況から見れば大躍進である。しかも英明高校には負けたといえども0―1。父兄やOBたちも沸いた。

来年夏とは言わず、これなら今年も充分期待できる。夏には英明や埼玉学院も打ち負かせるだろう。誰もがそう言ってチームの健闘を称《たた》え、またここまで育てあげた監督の手腕を褒め称えた。

「まあ、そうは言っても、大会の最後のほう、出てたのほとんど二年生だしなぁ。一冬越えてあいつが伸びるのは当然っていうか」

ぼやいたのは、春は背番号10でベンチ入りしていた三年生の輪島《わじま》だった。秋は1番をつけていたが、春大会は地区予選で一試合、県大会では五イニング投げたぐらいだった。拮抗《きっこう》するチームが相手の時はだいたい三枝か、同じ二年生の11番サウスポー木《き》谷《たに》が登板するので、後半はほとんど出番がなかった。腐る様子もなかったが悔しがることもなく、試合中も、そして大会が終わった翌日に三年生だけが集められたミーティングでも、ごく淡々と感想を述べた。

昼休み、わざわざ空き教室の使用許可を申請して集まった人数は二十一名。冬の間に数名退部者が出たが、それは毎年のことだ。ハズレと言われる世代ながらも、ここにいる者たちは皆、ともに過酷な冬を乗り切った。

しかし、一枚岩とは言えない。教壇近くに陣取った大祐は、飛び交う意見を注意深く聴いていた。昨日の反省と、夏を目指すにあたっての目標を決めるというのが目的だが、全員集める前に三年生だけを集めたのは理由があった。

「俺たちだって伸びてんだろ。もうちょい気合い入れろよ。英明戦、スタメンのうち三年生が、俺と並木と中松しかいないってやばいだろうが」

背番号7の根津が、牛乳パックのストローをくわえる輪島を睨《にら》みつけて言った。走力、肩、守備がいい彼は春大会ではずっとスタメン入りしていた。冬に目を瞠《みは》る成長をした選手の一人だ。

「いいじゃん、浅羽戦まではけっこう三年も出してもらえたし。つか聞いたんだけどさ、地区予選終わったあと、けっこー監督責められてたらしいじゃん。三年生多すぎって」

「二十名中十名だぞ。きっちり半分だろ、多くねえよ」

「でも予選ではけっこう三年生メインで使ったじゃん？　二年の親からすっとやっぱ

面白くなかったみたいでさ。ＯＢの声がけで入ってきた奴とかもいるし、それでわりとチクチクとクレームつけたっていうか」

事情通の輪島は、空になった牛乳パックを恨めしそうに見つめ、チクチクとつついた。

根津とその周囲にいた仲間たちが、露骨に厭《いや》そうな顔をする。

「うっぜ。モンペかよ。おまえらの息子には来年あるだろっての」

「けど、英明とかもどんどん二年起用してんじゃん。ならうちも実力重視でいけよって気持ちもわかるんだよなー。俺らハズレだし、頑張ってもたかがしれてるし」

根津は椅子から立ち上がった。

「何言ってんだ！　そういう負け犬根性がダメだっつってんだろ！」

「でも俺ぶっちゃけ、英明戦とか絶対マウンド立ちたくねえよ。なのに三枝とか、生まれてこのかた緊張したことないし、昨日すげえ楽しかったとか言ってんの。ああいう奴がやるべきだって。適材適所ってやつじゃね？」

「わかる、あのバケモノメンタル見て、そりゃしょうがねえって思った。つか二年てそういうの多いよな。先輩たちもああいう手合いはあんまいなかったから、やっぱあいつら特殊なんだって」

「そうそう。もう俺ら見守りモードなんだわ。受験あるし、まあだんだん気持ち的にそっちにシフトしていく感じ？　もちろん根津とかスタメン組はガチで応援するし、練習も出るけどさ、俺らはまあそういうスタンスで夏までいこうかなーって」

投手を中心としたグループは、他人事《ひとごと》とばかりに笑っている。根津はこめかみに青筋を立てて、教壇近くに陣取り、弁当を食べていた大祐を睨みつけた。

「おい、なんか言ってやれよ。俺ら自身がハズレの意識もってちゃダメなんだろ!?」

そういえば、そんなことも言ったな。もう懐かしくすらある。あれからずっと、優等生ごっこは続いてはいるものの、あまりに当たり前になりすぎていて、なんのためだったかも忘れかけていた。

「二年も三年も関係ない。俺から見ると、冬の間にちゃんと結果出した奴がベンチ入りしてると思うし、試合の間で成長した奴が最後まで残ってたってだけだ」

大祐の言葉に、根津は眉をひそめ、輪島一派は白けた顔をした。なにを当たり前のことを、と言わんばかりだった。

当たり前のこと。そう、自分はずっと、当たり前のことしか言ってこなかった。

「でもそれはあくまで春大会でのこと。春は終わった。あと二ヶ月でスタメンなんかいくらでも入れ替わる」

「だからー、そういうのいいからー」

肩を竦《すく》める輪島に、大祐は苦笑した。

「まあ待て。とはいえ正直、二年生のほうに分があるのは認めざるを得ない。監督もこの春で、やっぱり強豪相手には二年メインで切り替えなきゃならないってのは身にしみたんだろう。甲子園目指すために監督として呼ばれたんだから、それは当然だ。本命は来年とはいえ、今年これだけ戦えるなら目指して当たり前。それで、俺からもひとつ話がある。昨日、試合の後で並木と話したことなんだが」

四個目のカツサンドにかぶりつこうとしていた並木は、むっとした様子で大祐を見た。

「俺は承知してない」

「でも、これが最善だと思う。みんな、俺は今日で主将を降りるつもりだ」

教室に一瞬、沈黙が落ちた。

全ての目が、自分に向くのを感じる。大祐はいつものように、「主将らしい」笑顔で続ける。

「副将の並木が主将になる。放課後に監督に申請する。その前にいちおう皆には言っておこうと思って」

「えっと……すんません、理由は？」

一番近くにいた中松が、なぜか挙手をした上、敬語で訊いてきた。中松は一年生の時からクラスが同じこともあり、チームの中では一番よく話す。だが、主将を降りる件についてはいっさい話してはいなかった。

「さっき根津も言ったが、三年の中でスタメンとして最後まで残ったのは、並木、根津、そしておまえだろ。俺も予選と県大会初戦はスタメンだったが、後はずっとコーチャーボックスが定位置だった。俺がこの春にベンチ入りしたのって、ぶっちゃけ主将だからだと思うんだ。主将はまあ、ベンチ入りメンバーの中から選ぶもんだからな」

正確にはベンチ外でもいいらしいが、少なくとも大祐は見たことがない。

そんなことねえだろ、と苦々しげに並木が言った。

「ま当落線上にはいたんだと思う。でも主将でなけりゃ、落とされていた可能性は充分ある。これでも自分の能力は見えるつもりだ。で、夏まで死ぬ気でやっても、たぶん状況はそう変わらない。一方、並木はクリンナップ打ってるし、このままいけば夏もレギュラーはほぼ確実だろう。俺はやっぱり、そういう奴がこれからのチームを率いるべきだと思う」

「言いたいことはわかるけど、スタメン入りしてない主将って結構いるじゃん？　そこと主将に求められる能力ってあんま関係なくね？」

輪島が慌てたように反論すると、根津も前のめりになって同意した。

「そうだろ、あとおまえがコーチャーにいるとめちゃくちゃ頼もしいし」

「伝令でもおまえ来るとみんな落ち着くし。いつもまとめてんの大祐じゃん」

中松も怒ったように言った。次々と大祐をフォローする言葉があがる。

「どうも。いやまあ、そのへんは気をつけてたし、嬉しいけどさ」

でも誰も、俺のプレーについては言わないよな。それが答えだよ。大祐は、喉まで出かかった言葉を、ぐっと飲み込んだ。

「主将てのはやっぱ、チームがまとまるように目を光らせて、最善を尽くさなきゃならないと思う。だから誤解しないでほしいんだけど、諦めてるとかじゃなくて、自分にとってもチームにとってもこれが最善だと判断して言っている。夏を見据えたチームづくりを考えると、やっぱレギュラーはれる奴が主将やるべきだと思う。少なくとも、その可能性のある人間が。強豪と当たるには、グラウンドの中で、皆を引っ張る奴がいないと難しい。柱は中にいないといけないんだ。なら、並木が適任だろう」

昨日、盛り上がる選手の輪を前に、一瞬ためらった。俺がここに入って、何を言えって言うんですか。そう思って監督をちらりと見てしまったことを思い出す。

「無理。俺、おまえみたいにまわり見てらんねえし言葉出てこねえし」

並木はむっつりと言った。昨日、試合の後から説得し続けているが、ずっとこの調子だ。

「慣れるよ。そもそもおまえはプレーで引っ張れるんだから、俺みたいに喋る必要ないし、主将に必要なのは喋りじゃない。それに俺も副将には残るつもりだし、全力でサポートする」

「三枝とかぜってー俺の言うこときかねえよ」

「俺の言うこともだいたい聞き流してるって。まあ、そう難しく考えんな。普段、チーム全体を纏《まと》める作業は、俺がやってもかまわない。並木には要するに試合で引っ張ってほしいんだ」

「なら今のまんまでいいだろう」

「そのために俺をベンチに残しておくのは本末転倒だし、一枠があるなら、ふさわしい奴が入るべきだ。もちろん俺も狙っていくが、それなら条件は同じであるべきだ」

昨日も聞いた反論を、昨日も返した言葉で封じていく。並木は非常に不機嫌そうに黙りこんだ。もともとあまり喋る男ではない。それでもその練習熱心な姿と、三年生の中ではぬきんでた打撃ゆえに、自然と慕われるようになった。下級生からの人望も厚い。

「でもそれなら、夏の大会前に、主将変えればいいんじゃねえの。しばらく公式戦ないし、いま主将降りる必要ないじゃん」

言いつのる中松は、少し顔色が悪かった。秋には時々エラーをしていた彼は、冬に猛練習をしてずいぶんと守備の腕をあげた。打順も六番で、ムラはあるが、苦手なインコースは克服しつつある。

「何言ってる。今日から夏は始まってんだ。夏に真剣に臨むなら、今から万全の態勢を敷いとくべきだ。ただもちろん、皆が反対するなら考え直すが、俺は自分が間違っているとは思わない」

大祐はもう一度、仲間たちを見回した。

「皆の考えはそれぞれあるだろうが、この夏が最後だ。レギュラー入り目指すにしろ、応援に本気出すにしろ、とにかくこれは俺たちの夏なんだ。たとえ二年がメインになったとしても、俺たちのチームだ。よく考えてくれ。十分後に決を採る」

それまで固唾《かたず》を飲んで大祐たちのやりとりを見ていた部員たちが、ざわめき始める。困ったように顔を見合わせ、あたりを窺いつつ、意見を交わす。

並木や中松の突き刺さるような視線を横顔で受け流し、大祐は腰を下ろした。途中だった弁当を口に運ぶ。

誰がなんと言おうと自分の意見は通る。確信があった。


「駄目だ」

監督の答えは、簡潔だった。

賛成の採決をとり、放課後に意気揚々と香山のいる社会科準備室に向かったが、返ってきたのはにべもない拒絶だった。

「なに勝手に決めてんだ。主将の任命は、俺の仕事だ」

こちらを見る目には、怒りよりも呆れた色が強い。大祐は怯《ひる》まずに続けた。

「はい、ですから監督に改めて指名してほしいとお願いにきたのです。これは三年生の総意です」

「そうなのか、並木」

監督は、大祐の隣で下を向いている並木に目を向けた。並木は顔をあげ、横目で大祐を見やる。

「多数決ですが、誘導が」

並木、と小声でたしなめたが、どこ吹く風だった。

「だろうな。とにかく主将は変えない」

「監督、話を聞いてください」

「聞かんでも、こんなことを言い出した理由はすぐわかるわ。俺も現役時代、キャプテンやってたしな」

「でも、聞いてください。お願いします」

必死に頭を下げる。自分の言い分を聞いてくれれば、きっと部員たちと同じように、監督も納得してくれる。それに、保護者会やOB会からもせっつかれている監督にとっても、これは悪い話ではないはずだ。一枠が確実に空くし、レギュラーメンバーを主将に据えるということは、チーム運営の姿勢が変わったという何よりのアピールになるだろう。

大祐主導の優等生ごっこは、今でも評判はいいが、やはり下級生の父兄の一部からは「点数稼ぎだ」という声も聞こえ始めているという。あの選手よりうちの子のほうがうまいのにあの監督は贔屓《ひいき》ばかりして、と愚痴を垂れる親はどこにでも存在するが、ハズレ世代の空元気がそれを煽《あお》ってしまったのは否めない。だから大祐が退けば、完全には無理でも、多少は封じ込めることはできるだろう。

もちろん監督には、そこまで話さなかった。余計なことを考えるなと激怒するであろうことは目に見えている。

大祐はあくまで、昼休みに部員に伝えた内容をそっくりそのまま繰り返した。しかし、監督の答えは変わらない。

「くだらん。主将は変えない」

「どうしてですか」

「もっともらしいことを言っているが、要するに二年生との不和を収めるために責任とって逃げたいってことだろ」

かちんときた。冬から春にかけて、チームのために何ができるか何度も考えてきた結果を、逃げるの一言で片付けられたくはない。

「言っとくが、この程度は不和でもなんでもない。むしろ、去年よりまとまってると思うぞ。まとめてんのは、おまえだろ」

「二年生たちが表向き従ってくれてるだけです。何かあれば瓦解《がかい》するんじゃないかと」

「表面上でも従ってりゃ充分だろ。腹の中まで一緒にしなけりゃ気が済まないか？無理だろ、そんなの。外野は好きなことを言うもんだ。最後の夏とか甲子園とか、適当でありがちな言葉に惑わされるな。野球は卒業してからもできる。そこからが長いぐらいだ。甲子園はただの球場、この夏は長い道の一地点にすぎないってことを覚えとけ」

「でも甲子園は特別です。俺らだって目指したい。行こうと思うなら、本当に力のある奴をいれないと。総力戦じゃないと勝てないでしょう。だから……」

「主将としてのおまえの欠点は、あまりに空気を読みすぎること、先回りしすぎることだ」

監督は腕組みをして、大きく息をついた。

「おおかた、自分がベンチ入りしているのは主将だからで、このままじゃ他の連中に申し訳ないとでも思ったんだろ。せっかくの夏なのに」

「ちがうんですか」

「いやまあ、その通りだけどな」

反射的に嚙《か》みつくと、あっさりと監督は肯定した。拍子抜けして、まじまじと監督の顔を見る。自分たちに負けず劣らず灼けた肌。いたるところに刻まれた皺。

「俺はな、巽。ベンチには試合に必要な奴しかいれていない。まあ、二塁手としておまえの代わりが務まる奴はいるかもしれんが、主将としては代わりはいない。おまえがやってることも立派なプレーだ。グラウンドの柱はまちがいなく巽。だから、必ずベンチにいる。そんなことはみんなわかってる」

監督の言葉に、並木は無言で頷《うなず》いた。だから言っただろうと言わんばかりに、横目で大祐を睨みつける。

「昨日の試合でも、おまえがいなければチームは最後までもたなかったかもしれん。そのへんよく考えろ」

「……でも俺は、いつも、わかりきったことを言っているだけで……」

「それでいいんだ。自分の中でわかっていることも、他人の言葉で裏付けされれば、真実になる。自信になる。チームを把握している巽じゃなければ、できないことだ」

なおも反論しようとする大祐に、監督は手で追い払うような仕草をした。

「おら、もう練習の時間だ。とっとと行け。夏はもう始まってんだぞ」

こうなっては、もう監督は話をきかない。経験上知っているので、大祐は唇を嚙んで引き下がった。

「意味わかんねえよ」

廊下に出るなり、大祐は吐き捨てた。

どうしてわかってくれないのか。頭がくらくらするほど、腹立たしい。

並木は大祐を一瞥《いちべつ》すると、何も言わず足早に歩き始めた。やっとくだらないことが終わった、一刻も早く練習をしたい。思いがありありとわかる足取りだった。それがまた、怒りに油を注ぐ。大祐は負けじと後を追い、並木の隣に並んだ。

「俺が言ってること、おかしいか？　そりゃあ監督からすりゃ何度もある夏のひとつだろうけどさ、俺らにとって高三の夏は一回だけだ。最後の夏だ、意識するに決まってんだろ。勝ちたいよ。このメンツで、甲子園行きたいんだよ。だから言ってんのに！」

甲子園。必ずしも、自分がベンチの中にいなくてもいい。スタンドで応援するのでも全くかまわない。

そうだ、入学してからハズレと言われ続けた仲間と最高の夢を見られるなら、なんだって。たとえチームの大半が二年生でも、並木や中松たちが一人でも多く入ってくれるなら、全力で応援できるのに。

「そうやって勝手に託した気持ちになられんのも、たまったもんじゃねえんだけど」

低い声で、並木が言った。

思わず、大祐は足を止めた。並木も立ち止まる。こちらを見る目は、冷ややかだった。さきほどまでの、不機嫌そうな色とは違う。監督と同じ、呆れた色をしていた。

背筋に冷たいものが走る。怒られるより、呆れられるほうがずっと怖い。

「悪い、べつにプレッシャーかけるつもりじゃなくて」

「そういう話じゃない。そもそも巽、なんで甲子園行きたいんだ」

大祐はぽかんとした。

「普通行きたいもんだろ？」

「俺はおまえがそこまで甲子園に行きたがってるなんてのは初めて聞いたけどな。いつから、どうして行きたくなった」

どうしてだって？　そんなもの決まっている。球児の夢ではないか。誰だって甲子園を目指す。

――いや、本当にそうだろうか？

たしかに漠然とした憧れはあったが、そこまで真剣に考えて野球部に入っただろうか？　昨年夏、悔し涙に暮れる先輩たちを見て、自分たちこそが悲願を果たそうと胸を熱くしただろうか？

「監督も言ったけど、おまえ空気読みすぎなんだよ」

必死に記憶を探る大祐に、並木はため息まじりに言った。

「ハズレでもいいだろ。外野に言わしときゃいい。見返してやろうなんて、考えんな」

雷が落ちたような衝撃だった。

見返したい。その言葉が、心臓に突き刺さった。

「俺……見返したいと思っているように見えんのか？」

「見える」

あっさりと並木は頷いた。

「見返したいってのも立派な動機だからそれはそれでいいけど。それよりも、おまえがやりたいようにやったほうが楽しいんじゃねえの」

「楽しい……」

「俺はいつもそうしてるし」

茫然《ぼうぜん》と立ち尽くしている大祐の肩をたたき、並木は歩き去った。

遠ざかる後ろ姿を見て、大祐は力なく笑う。

「やりたいようにやれって、なぁ」

だから、主将変われって言ってんじゃん。

皆のために、なにが最善か。皆がハズレじゃなくなるために、自分は何ができるか。そう思ってきたけれど結局、いまだにハズレという言葉にこだわっていたのは自分だけだったのか。それもたぶん、周囲には丸わかりだったのだ。

大祐はその場にしゃがみこんだ。どんな顔をして、練習に出ればいいのだろう。頭を抱えたまま、大祐はしばらく廊下にしゃがみこんでいた。行き交う生徒や教師の怪訝《けげん》そうな目も気にならないぐらい、恥ずかしかった。

2

「4番、巽大祐」

名を呼ばれ、列から前に進み出る。

マネージャーが掲げ持つ布の山から、監督が一番上の一枚を取り上げる。そしてにやりと笑い、大祐に手渡した。

「しっかりやれよ」

「はい！」

元気よく返事をし、両手に布を捧げ持った形のまま、列に戻る。肘を直角に折って伸ばした手は、軽く震えていた。その上にあるのは白い布。今の今まで練習をしていたせいで全身泥だらけだが、その布だけは輝くように白い。

真新しい布には、数字の4が縫いつけられている。

地方大会を目前にして、ゼッケンが配られた。4番。春と同じだ。なんだかんだ言いながら、結局またゼッケンをもらってしまった。この二ヶ月は、とにかく無我夢中だった。おそろしく長かったようにも、一瞬だったようにも感じる。この二ヶ月、野球以外なにをしたかと訊かれれば、答えるにしばらく間を置いてしまうぐらい、ほかの記憶が無い。期末考査は、入学以来——いや生まれてはじめて、平均点ぎりぎりの教科が出て青ざめた。テスト期間中も自主練と筋トレに励んでいたのだから当然だが、親にはえらく怒られた。

それでも、この時期ばかりは野球を優先した。なにしろベンチ入りはほぼ決まってしまっている。ならばもう死にものぐるいにやるしかない。本当に死ぬんではないかという猛練習をこなし、優等生ごっこをしている余裕もなくなったが、どんなに走り回りながらも最後まで声量が衰えなかったのは、今までの成果だろう。やはり体で覚えるのは大事だ。

背番号は1桁。並木は9番、中松は3番、根津は7番。見守りモードと言っていた輪島も、20番を貰っていた。

三年生のベンチ入りメンバーはこの五名だけだ。春より格段に減った。たった五名か、それとも五名も入れたと思うべきか。わからないが、自分がその中に入ったということは動かしようのない事実だった。

どれほど試合に出られるかはわからない。おそらくは、二桁番号の二年生内野手がメインにはなるだろう。しかし初戦は必ず出番があるはずだ。

初戦の相手はまだ決まっていない。春ベスト8に入った北園はBシード。公立・溝口高校と、私立の不動学園の勝者が相手となる。どちらも北園からはだいぶ格下だ。組み合わせ抽選のくじを引くのは、主将の重要な仕事のひとつである。このくじ次第で、大会の明暗が決まると言っても過言ではない。

試合よりもよほど緊張して、大祐はくじを引いた。とにかく死のゾーンに入りませんようにと、当日朝に神社へお参りにいったご利益か、引き当てたのは、かなり恵まれたゾーンだった。

ベスト16までは、順当にいけば勝てる相手だ。だが16では浅羽高校、8ではまた英明高校にあたる。とにかく、そこまで勝ち続けることが当面の目標だ。秋、春の雪辱を今度こそ果たさねばならない。

おそらくそのあたりになると自分はもう使われないだろうが、そうなったらコーチャーと伝令として勝利に貢献するだけだ。

七月上旬、まだ梅雨があけきらぬ時期に迎えた初戦は、どんよりとした薄曇りの日だった。昨夜は雨で、このままでは延期になるやもと気を揉んでいたが、明け方にはどうにかあがった。急ピッチで整備が行われ、試合開始時刻も予定通りだったが、グラウンド状態は万全とは言えなかった。

重い土、重い空。

だがその間にあるスタンドは、ずいぶんと爽快だった。

「すげー、初戦から気合い入ってんなぁ」

ブルペンに向かう三枝が、反対方向の一塁側スタンドを見て、愉快そうに笑った。スタンドはブルー一色。スクールカラーのTシャツに身を包んだ、溝口高校の生徒たちだ。その一角に、金管楽器がいくつもきらめいている。

「全校応援かね。吹奏楽もすげーな。やっぱ監督の前任校だから、燃えてるとか？　なあ、うち全校応援っていつから？」

隣を歩く輪島が、急に大祐に話を振ってきた。

「次の次あたり。土曜だろ」

「ふーん。ならその日は一回ぐらい投げたいなー。女子バスも来るかな？　三枝、一回ぐらい譲ってくれよ」

「監督が決めるんで。譲る気ないし」

「なんだよ先輩敬えよー」

二人はげらげら笑いながら投球練習に入る。緊張感がまるでない。それにしても見守るとはよく言ったもので、輪島はずいぶんと三枝と仲が良くなったらしい。

「あいつ、二年の中でもちょっと孤立してるっぽいから。まー自業自得なとこもあんだけど、根はまっすぐで熱くて、超のつく野球好きだから、俺らが引退する前になんとかしてやりたいとこあるっていうか」

少し照れたように輪島が言っていたのは、抽選会の翌日のことだった。投手陣は別メニューなので大祐は気づかなかったが、熱意が過ぎて強引なところのある三枝は同級生から煙たがられるようになっていたらしい。

最初は、過剰な礼儀パフォーマンスを押しつけてくる三年生に実力で反抗し、あわよくば追い出そうということでまとまっていたらしいが、実際に二年生がチームの中核となり始め、三年生の一部がサポート態勢に入ると、徐々にずれが出始めたのだという。

三年生は最後の夏なのに、俺たちを優先しようとしてくれる。その一方で、主将たちは死にものぐるいで練習している。なのに反抗している場合なのか。実際、礼儀で褒められることも多くなったし、学ぶこともあった。先輩たちに感謝して、甲子園に一緒に行くために頑張るべきじゃないのか。そういう声が野手陣から出始め、馴れ合いだと反発する三枝を次第に圧迫していったのだそうだ。

二年生がミーティングをしていることは聞いてはいたが、学年ミーティングは珍しいことではないし、そんなことになっているとは全く知らなかったので大祐は驚いた。以前の自分ならばもっと早く気づいて、どうにかしようと慌てただろうが、とにかく強制的なベンチ入りに向けての練習で、そこまで意識がまわらなかった。恥じ入り、すまんと謝る大祐に、輪島は笑った。

「いやいや、主将がなんでも屋になったらダメだから。俺、見守りモードに入るっつったじゃん？　これが楽しいんだ。俺らの代は結束が売りだからいいけど、あいつらは野球はすげーけどガキ揃ってるからちょっと保護者も必要ってかさ。最近俺けっこう保父向いてんじゃね？　って思うわー」

冗談めかしていたが、輪島は本当に投手陣のことをよく見てくれている。ありがたかった。夏前に、また急激に三枝や二年生投手陣の調子があがってきたのも、きっと無関係ではないのだろう。

「三枝」

大祐が声をかけると、三枝が振り向いた。顔にはまだ笑いが残っている。

「この応援、呑まれんなよ。ただでさえ、初戦は何があるかわからんからな」

三枝はとっておきの冗談を聞いたように笑った。

「それは巽さんでしょ。俺は緊張とかしないんで」

「まあ心配はしてないけどな。全力で行けよ」

「今から全力出したら死にます。初戦は適当にかわしますよ」

「そりゃ頼もしい。じゃ俺も後ろで適当に守っとくわ。セカンドにゴロきたら全部ヒットにするから、覚悟しとけよ」

軽口をたたいて、試合前のシートノックへと向かう。三枝は笑っている。彼には、これぐらいの扱いがちょうどいいらしい。

シートノックでは、いいイメージで体が動く。初戦の緊張はあるものの、それほどでもない。溝口とは春先にも練習試合をしているし、大会前の情報もマネージャーたちがしっかり収集してきてくれた。対策は万全という自信が、体に力を与えてくれる。大応援団のラッパの音も、気にならない。

七分のノックを終え、ベンチに引き揚げる。入れ替わりに、先攻の溝口高校の選手たちが飛び出した。

ベンチからじっと見つめる。溝口の動きは、なかなかのものだ。守備は鍛えられている。捕球から送球が早い。だがほとんどの送球が山なりなので、内野安打は狙えそうだ。楽観的なムードが漂う。なにしろこちらの投手は、エース三枝だ。身長一七九センチ、球速最高一四二キロの本格右腕。

大会前の雑誌では、埼玉学院の西條《さいじょう》、英明高校の辺見と並んで、埼玉のビッグ３という謎の肩書きまでつけられていた。他の二人は三年生なだけに、三枝の才能が際立って見える。

野球の八割は投手で決まるというのなら、三枝一人で甲子園はぐっと近くなった。ならばあともう一歩を補うのは、自分たちだ。その一歩が今日から始まる。きっと行ける。

「すんません……」

三枝は、この世の罪を一身にしょいこんだような顔で、うなだれた。

試合開始から、十五分。イニングボードには、３の文字。

投球練習までは絶好調だった三枝は、プレーボールがかかった途端、別人のようにコントロールが定まらなくなった。

先頭打者ストレート四球に始まり、次もフルカンから結局フォア、三番にきれいなセンター返しで一点。犠牲フライで二点目。さらに死球を出し一、二塁となり、なんとかツーアウトをとるものの進塁を許してしまい、なんでもないピッチャーゴロの処理にもたついている間に三塁ランナーが生還し、一塁までセーフになるという最悪の結果になった。

セカンド先発の大祐はしょっちゅう声をかけていたが、三枝は苛立ってろくに返事もしなかった。しかしとうとう伝令が来るに至り、内野手がマウンドに集まった時はさすがに申し訳なさそうに首をすぼめた。すでに何イニングもぶっ通しで投げたように、肩で息をしている。首すじはひどい汗だ。

「珍しいな。緊張したか？」

大祐の声に、三枝は消え入りそうな声で「……っぽいです」と答えた。

「マジか。おまえ緊張しねーんじゃなかったんか！」

伝令で走ってきた輪島が笑いながら三枝の尻を叩く。ばしん、といい音がした。

「いやマジでしたことないっす。春とかも全然。だからどうしていいかわかんねーっつーか……応援がすっげーうるさくて」

三枝はいまいましげに、一塁スタンドを睨みつけた。目が赤い。ちょっとつついたら泣きそうだな、と思った。

「まあ、これが夏の魔力だよ」

したり顔で、中松が言った。

「夏は、強豪とかそんなの関係ないんだよ。どこもしょっぱなから、バックの力もまとめてぶちこんでくる。だから、秋や春にいくら経験積んでも、夏はびびる。そういうもんだ」

「……なんかかっこいいこと言ってるけど、先輩たちも夏は初めてっすよね？」

「あはは、バレたか」

中松が笑うと、呆れたように三枝が息をついた。肩からわずかに力が抜ける。もうひと押しとばかりに、大祐も口を開いた。

「そう、要するに全員びびってんだ。俺も足ガクガク。だからまあ、気にすんな。俺らがエラーしても笑って許せ」

集まった内野手たちからも笑いが起きる。どの顔もひきつっていたから、ほっとした。

「そういや監督が言ってたわ。溝口の応援は、とくにうまいってわけじゃないんだが、なんか上から押し潰してくる感じなんだってさ」

輪島の言葉に、三枝と飯田のバッテリーは揃って「あー…」と頷いていた。

「で、おまえもモロに押し潰されてっから、低めに投げようとは思わないで、むしろ高めにガンガンいけってさ。点とられてもいいし」

三枝は冗談じゃないと言いたげに首を振った。捕手も青ざめている。

「いや無理です、高めとか」

「腕振れてねーからだろ。おまえみたいなんは、高めに投げ込めば基本いい球行くから」

「間違ったらホームランすよ」

「塁上掃除できてすっきりすんじゃね？　あと三点ぐらいはいいぞ、それぐらい取り返せるって監督が」

え、と内野陣は顔を見合わせた。六点はさすがに辛い。しかし三枝は周囲には気づかぬ様子で、輪島に鬼気迫る顔で確認している。

「マジすか」

「マジマジ。放り込まれてもおまえのせいじゃないから。ここの球場がクソ狭いのと監督のせいだから気にすんな」

輪島が目配せする。大祐たちはこぞって「六点ぐらい俺らとれるから」「三枝くんの高めが見たいなー」「ドラえもんの歌歌いながら投げるといいらしいぞ」と適当なことをはやし立てた。すると三枝が真顔で歌いだした。「ぼくドラえもん」

「はい、時間。戻って！」

審判の声に、慌てて守備位置に散る。

改めてマウンドを見ると、背番号の「1」が、まっすぐな線になっていた。きれいな1が見えるようになれば、大丈夫だ。体にしっかり芯が通っている証《あかし》。今日ははじめて三枝の1が弱々しく歪んだので驚いたが、彼ですら夏には平常心ではいられない。

ああ、やっぱりすごいなあ。大声援を吸い込むように、大きく深呼吸をした。

一塁側スタンドから鳴り響く、雷鳴のような大声援。楽器の音。秋にも春にも、応援団は来ていた。ベスト16あたりから自校も相手も大迫力だった。

だが全然ちがう。これが、夏なのだ。

自分は賢《さか》しらに、チームのためだと言い訳して、ここから身を引くつもりだったのか。結局自分も、何もわかっていなかったのだろう。

楽しいと思えた瞬間は正直一度もない。キツいことしかなかった。

それでもやはり、あの時に主将をやめなくてよかった。引き留めてもらえてよかった。そうだ、監督はこの空気を誰より知っているのだから。

三枝は結局、それ以上の失点は許さなかった。二回からは徐々に腕がふれてきて、そうなるともう、溝口打線は手も足も出ない。

一方の溝口のエースは球速はないもののコントロールがよく、初回はツーアウトから四番並木、五番根津に連続ヒットを許して満塁となったが、次の飯田で三球三振をとって終えた。

二回の攻撃は七番の中松からで、次は三枝、九番は大祐だった。情けないことにあっさりと三者凡退で終わる。春先の溝口との練習試合では、この投手は出ていなかったはずだ。巧みなカーブピッチャーで、タイミングをことごとく外してくる。大祐は、結局はフライアウトに終わったものの、十球以上粘って、球を見極めようとした。

「ストレートはあんまり投げない。スライダー中心。カーブは高速と低速の二種類。低速は遅すぎて逆に目が追いつかないな。待つの難しい」

ベンチに戻って伝えると、根津に睨まれた。

「あのタイミングはきつい。狙うなら高速のほうだろ。んなこたわかってんだよ」

「わかってることも言うのが大事だ。あと癖がなんとなくわかったかも」

大祐の言葉に、周囲の選手たちがいっせいにこちらを向いた。

「マジか！」

「まだ確証はない。次の打席で確認しようと思ってるけど」

「いいから話してみろ」

促したのは、スコアラーとしてベンチ入りしているマネージャーの不破《ふわ》だ。彼は必死に、スコアからパターンを読みとろうとしているようだ。

「あーえっと、あいつモーション入る前にアゴ引くんだけど、その時ちょっと深めに引く時があって、深い時はゆっくりのほう、かも」

根津が目を剝《む》いた。

「アゴぉ？　引いてたか？」

「だからちょっとだよ、次よく見てろって」

おかげで次の攻撃イニングからは、バッターはもちろんベンチも皆、投手のアゴのあたりを食い入るように見ていた。三回は三者凡退で終わり、四回はランナーが出たがゲッツーをくらい得点には繋がらなかった。ヒットを打った並木は「アゴはいまいちわかんねえかな」と首を傾げていた。

実はアゴはどうでもいい。大祐がアゴに違和感を覚えたのは事実だが、ひとまず目標となる箇所があれば、みな集中して相手を観察しやすくなるから、ひとつ提示してみただけだ。

ああだこうだと意見を交わす選手たちを、ベンチの奥に陣取った監督は愉快そうに眺めている。おそらく彼は、攻略法をもう見抜いているのだろうな、と思う。だがまだ言わない。まずは選手が気づくのを待っている。二巡目で決めなければ、さすがに監督は指示を出してくるだろう。

だがそうさせては駄目だ。俺たちは、名門北園野球部。これぐらいは読めなければならない。これからも勝ち続けるのならば、初戦から監督に頼っていては話にならない。考えろ。ずっとコーチャーをやってきて、いつも目を皿のようにしてバッテリーの癖を探り、指示してきた自分だ。夏にこそ、発揮しなければ。

0―3のまま停滞していた試合が動いたのは、五回裏だった。

先頭打者の七番・中松が死球で出塁すると、三枝がスリーバントぎりぎりでバントを決めた。

そして九番・巽。ワンアウト二塁。大祐はじっと相手を見つめた。追い込まれてもじっくり見る。

ちがう。問題はアゴを引いた後だ。ストレートとスライダーの時はそのまま。カーブの時は少しだけ口を開く。そしてスローカーブの時は、自分でもタイミングをはかっているのか、開いている時間が長い。

心臓が高鳴る。試したい。

おそらくこの投手は、打者のタイミングを完全に外せる超スローカーブにこそ自信をもっている。これを攻略されたら、崩れるだろう。だから本当に狙うべきは、高速カーブではなくこちらのほうだ。スローカーブは投げた瞬間にそうとわかるが、遅すぎてタイミングを合わせるのは極端に難しい。ただ、モーションに入る前にわかるなら充分に対応できる。うまくタイミングがあえば、これほど打ちやすい球はない。要は、始動からうまくカウントがはまれば。ちょうどいいのは、そう――

「ぼくドラえもん！」

え、で、ぐっと腰を捻《ひね》る。もん、でバットを叩きつける。

「いった！」

手応えと共に、白球が走る。

手に残る痺《しび》れに押されるように、打席から駆け出す。我ながらなかなかの流し打ち。打球はライト線を転がっていく。二塁にいた中松は、足が決して速いほうでないが、悠々本塁に生還した。

北園ベンチから爆発するような歓声があがる。すぐ上のスタンドからも、黄色い声と歓声、そしてヒッティングマーチが鳴り響いた。二塁に到達した大祐は、高々と右手をあげた。優等生ならば、試合中のガッツポーズなど言語道断だ。かまうもんか、と思った。だってこれは、俺たちのための夏なのだ！

「やった、巽さんすげえっす！」

プロテクターとバッティンググローブを取りに来た後輩が、興奮気味にハイタッチを求めてきた。同じ二塁を守る、柴矢《しばや》だ。打撃も守備も柴矢のほうが上なのは誰もが認めるところだが、努力家で真面目な彼は、素直に巽を慕ってくれている。最初に三枝に意見をしたのも彼だと聞いた。次の主将はたぶんこいつだな。大祐は後輩に笑いかけた。

「ドラえもんだ」

「は？」

「ドラえもんで打てる。ベンチに伝えてくれ。それでたぶんわかるやつがいる」

「は、はい。わかりました」

柴矢は首を傾げていたが、素直に道具を受け取り去って行った。ほどなくして、ベンチで笑いが起こった。理解したやつがいたのだろう。たしかに初回、マウンドに集まった時にドラえもんを歌えと三枝に言ったのは、ショートの野間口。二年生だ。あの時は彼もそんな意図はなかっただろうが、おかげでうまくはまった。ツイてる。意図しないラッキーが起きるのは、でかい波が来ている合図だ。大祐は期待をこめて、次の打者を見つめた。野間口だった。

五回はビッグイニングとなった。中松曰《いわ》く「俺の尻を犠牲に捧げた一点」から怒濤《どとう》の六連打。一挙五点をもぎとった。北園ベンチやコーチャーボックスからひっきりなしにかけられるドラえもんの呼び声に、溝口バッテリーも困惑したのかもしれない。最終的に、6―3で北園は初戦を勝利で飾った。大祐たちは喜びを爆発させたが、OB会からは「溝口ごときに苦戦しているようでは厳しいのではないか」という意見も出たらしい。

腹は立ったが、彼らの懸念《けねん》はたしかに当たっており、次の試合も北園は苦戦を強いられた。先発した二年生投手木谷がやはり崩れ、二点を先取され、すぐに取り返しはしたものの、その次に登板した輪島も追加点をとられた。わずか一点のビハインドだったが、相手投手は調子を取り戻したらしく、八回までどうしても一点がとれなかった。九回裏に相手投手が突然制球が乱れ、また先頭打者の中松が尻に死球をくらったところから満塁となり、犠牲フライとヒットでサヨナラ勝利となった。

よくやった、だがこれではやはり厳しいと再び言われた。

次もまた先取点を取られてから、じりじりと追いつく試合だった。これは2－2で延長戦に入り、十一回表に九番・柴矢がタイムリーを打って逆転した。大祐は先発していたが二打席目まで全くタイミングが合っていなかったので、途中から柴矢に替えられたのも納得できたし、自分のままだったらこの逆転劇はなかっただろうと後輩を祝福した。

北園は、泥臭く、一戦一戦文字通り死力を尽くして勝利をもぎとってきた。その戦いぶりは、昨年の三年生チーム、そして春の華麗な快進撃を見ていた者たちからは、相当物足りなく映ったのだろう。試合が停滞している時、ひどい野次がとんできたことがあった。

「ハズレなんか使うなよ」

はっきり、そう聞こえた。

傷つかなかったと言えば、嘘になる。だが三年生よりも、むしろ二年生たちのほうが怒りをあらわにしたために、彼らを必死に宥《なだ》めているうちに怒りは消えた。

ハズレはハズレ。それがなんだ。ハズレと希望の星が仲良く甲子園を目指して何が悪いのか。

俺が打てなくても誰かが打つ。誰かが打てなければ俺がなんとか打ってみせる。そう思えるのは、なんて幸せなことなのだろう。

最初の難関と言われた浅羽高校戦は、はじめてスタメンから外れた。当然だと思った。

正直、ここからの投手は自分の手には余る。浅羽の加藤、英明の辺見、学院の西條。ドラえもん打法で打てるような相手ではない。球に力がありすぎる。

自分の本来の仕事は、キャプテンであること。最後まで仲間を引っ張ることだ。居場所はコーチャーボックスとベンチ。これからが本番だ、と気合いを入れた。

三年でスタメンに残っているのは、春と同じく並木、根津、中松の三人だ。並木と根津はそこそこ打って打点もあげているが、中松は内野安打一本だけだ。それでもまだスタメンに残り、打順も動かさないのは、彼がラッキーボーイだからだろう。

初戦、二戦目、三戦目。彼は打点はあげていないが、全て得点に絡んでいる。彼の出塁からチャンスが巡ってくるのだ。そのうち二回が尻への死球なのは気の毒だが、ラッキーボーイの存在は得ようと思って得られるものではない。中松自身は不振と尻の痛みに悩んでいるようだったが、監督から「おまえはこの大会のラッキーボーイだから」

と毎日言われているうちに何かが呼び起こされたのか、この浅羽戦で突然開眼した。

春は絶不調だった浅羽のエース加藤も、夏には完全にコンディションをあわせてきたために、五回までは完全試合ペースで試合を進められていた。こちらの先発三枝も立ち上がりを攻められ一点とられたものの、その後は出塁を許さず、このまま投手戦が進むのかと思いきや、六回先頭打者の中松がいきなり初球をひっぱたいた。

打った瞬間、ホームランとわかる当たりだった。球場の視線が、高々と舞い上がった白球を追う。楽々とフェンスを越えた時、北園ベンチはすでにお祭り騒ぎだった。

「すげーな、おまえマジでラッキーボーイじゃん！」

「握手してくれませんか。ラッキー菌ください」

「次の打席、バット貸してくれ」

もみくちゃにされる中松を、大祐はコーチャーボックスから笑顔で眺めていた。ダイヤモンドを駆け、大祐の前まで来た時、中松は輝くような笑顔で「おまえのおかげだ、サンキュ！」と言ってくれた。

中松は初球を打ったのだから、こちらは何もしていない。する間もなかった。

だが中松は、そういう奴だ。自分がいいプレーをしても、いいところで打っても、誰かのおかげだという。昔から気の良い男だったが、こうなったのはやはり大祐が主将をやめると言った時からだろう。彼なりに、二年生との溝を少しでも埋めよう、大祐を少しでも楽にしてやろうと思ってくれたのだろう。

自分は本当に、いい仲間に恵まれたとしみじみ思う。ベンチにいる仲間だけではない。二年生も、春から入った一年生も、みな守り立ててくれる。誰ひとり欠けても、この熱は成立しない。

最高のチームだ。このチームで甲子園に行きたいという思いは、一試合ごとに強くなる。

理由はひとつ。少しでも長く、このチームで野球をしていたい。ただそれだけだ。

浅羽戦に3—1で逆転勝利したころから、気がつけば非難の言葉は聞かれなくなった。

かわりに、新聞紙面にある言葉が躍る。

「逆転の北園」と。

3

七月も最終週に入り、太陽が最も苛烈《かれつ》に輝く季節がやってきた。

グラウンドの土は多少の水ではたちまち蒸発していく有様で、試合前の整備の後は、水たまりができるほど念入りに水が撒《ま》かれる。

その黒々とした重たげな土を見て、香山始は腹の底から熱がこみあげてくるのを感じた。厭《いや》な感覚ではない。むしろ、周囲に生徒がいなければ、声をあげて泣いてしまいかねないほど愛おしい、だが少しばかり痛い記憶。

懐かしい。

自分は昔、同じ光景を見た。グラウンドの水撒きならばそれこそ何百回、いや何千回と見てきただろう。それでも今、懐かしいと感じるのは、この光景があのころの――自分が主将だった時代の最後の試合を思い出すからだ。

場所はここではない。まだ屋根がつく前の、それどころかスタンドの形も全く違う西武球場だった。

その昔、ベーブ・ルースもプレーしたというここ県営大宮球場は、昔から埼玉の高校球児にとっては聖地だったが、なにぶん老朽化が激しく、当時の準決勝は西武球場で行われた。

　相手は溝口高校。同じノーシードから勝ち上がってきた公立高校どうし。地力は完全にこちらのほうが上だったのに、対戦前から言いしれぬ恐怖を抱いていた。

　当時、溝口高校はこう呼ばれていた。「逆転の溝口」と。

　二十数年を経て、それは今、北園高校をあらわす称号となった。初戦から準決勝に至るまで、全てが逆転によって勝利を飾っている。

　準々決勝の英明戦は、文字通り死闘だった。当初、英明は決勝の埼玉学院戦に照準を合わせ準々決勝ではエース辺見を温存するのではないかと思われていたが、蓋《ふた》を開けてみれば、先発は辺見、そしてスターティングメンバーも完全に「甲子園モード」だった。

　甲子園経験のあるチームを前に、北園もさすがに攻めあぐねた。春に当たった時よりも辺見はさらにスライダーに磨きをかけており、こちらは面白いぐらいくるくる振り回された。監督が見かねて指示を出しても、えぐすぎるスライダーと容赦のない直球の落差に追いつけず、凡打の山を築くほかなかった。

　ほぼ一人で投げてきた三枝もさすがに疲れが見えて、三回まではなんとか抑えていたが、四回に四球とヒットで二人ランナーをおいた状態で、バックスクリーン直撃のホームランを打たれた。

ああ、これは駄目だな。真っ先に、始の胸に浮かんだのは、諦めだった。そしてその直後、激しくおのれを恥じた。

「これでランナーなしだ！　ここから試合始まるぞ！」

「三点ぐらい必ず取り返せるからハンデだハンデ！」

強気な言葉が、ベンチから飛び交う。はっと我に返って、すぐさま伝令を出そうとすると、「待ってください」と声をかけられた。主将の巽だった。

「三枝、今ので切り替わりました。今、集中してます。伝令はもっと後にとっておいてほしいです」

真剣な表情で、彼は言った。あっけにとられてマウンドを見やる。三枝は帽子を目深《まぶか》に被《かぶ》っていて表情は見えない。

だがたしかに、何かぴしりと芯が通ったような気がする。深く、何度か呼吸をする。さきほどまで肩のあたりにどうしようもなく漂っていた疲労の気配が、消えていた。

「スリーラン打たれて集中するとは変わった趣味だな」

「今やっと起きた感じじゃないですかね」

ははゝと笑って、巽は再び前を向いた。

「あとは俺たちが、助けるだけだ」

その声は静かだったが、よく響いた。

彼らは全く諦めていない。自分が反射的にダメだと思ってしまったことを恥じる以上に、それに驚いた。

この大会、英明の辺見から三点以上とったチームはない。今日も、前半は多少制球が乱れていたが、出塁を許しても決して三塁を踏ませない。この状態で、どうやって？

だが不思議だ。それがただの大言壮語だとも思えない。彼らの中には、たしかに自信がある。そして、わくわくしている。打てなくてどうしよう、ビハインドでヤバイ。そうではない。どうやって打ち崩そう、どうすれば逆転できる？　そういう、漲《みなぎ》る期待を感じるのだ。

声を張り上げるベンチの面々も、マウンドの三枝も、グラウンドで守備につく選手たちも、誰ひとり諦めていない。それどころか、楽しんでいる。

はっきりそう悟った時、始の中に電流が走った。

いける。こいつらは、本当にここから勝つ。予感というよりは霊感に近いひらめきだった。

そして実際、試合はその通りになった。

九回表、北園の攻撃。スコアは0―3のまま、ランナーなしツーアウトを迎えていた。

英明の選手たちは、すでに勝ちを確信した表情で、ツーアウトのサインを送り合う。それでも油断は見せないのはさすがだった。

最後の打者は、七番・中松。ラッキーボーイの登場に、静まりかけていた北園応援席がワッと沸いた。

「よっしゃ！　ケツにまっすぐ来い！」

打席に入る直前、中松はマウンド上の辺見にバットを向けて叫んだ。本人は、ラッキーボーイの役目を果たそうと大まじめだったらしいが、ベンチ内は爆笑の渦に包まれた。そしておそらくは、辺見も無心ではいられなかったのだろう。魅入られたように、ケツにまっすぐ来てしまった。中松はとっさに避けたが、腿《もも》をかすった。痛かったはずだが、大きなガッツポーズをして、万雷の拍手に送られて一塁へと走る。

この光景を見て、予感は確信に変わった。長年監督をしていると、試合の臍《へそ》が現れた瞬間がはっきりとわかることがある。今、まさに無防備な臍が現れた。

次の打者・三枝は四球を選んだ。七回からほとんど隙を見せなかった辺見が、ここに来てほころび始める。

どんなに怪物と騒がれる投手でも、高校生だ。あと一人アウトをとれば勝利という時に、心が揺らがぬ者はいない。

絶対的エースの動揺は、彼を中心に成立していたチームにも影響する。英明高校はどの選手も非常に能力が高いが、やはり辺見が突出しており、ワンマンチームに近い。そういう場合は、エースが崩れればどうしても瓦解《がかい》しやすいのだ。

「伝令、巽呼んでこい。おまえがボックス入ってくれ」

気がつけば、始は目の前にいる二年生に呼びかけていた。巽は今、コーチャーボックスで全身全霊で打者を鼓舞している。そうだ、彼ほど、辺見をよく見てきた者はいない。

「巽、代打だ。おまえが決めてこい」

全力疾走でやってきた主将に告げると、彼は大きく目を見開いた。なぜ、という声なき声が聞こえた。そんなものはわからない。これはもう、直感だ。

仕掛けるのはここしかない。そしてそれは、こいつでなければならない。そう思った。

「はい！　必ず！」

一瞬浮かんだ疑問の色は、すぐに歓喜と誇りに輝いた。その笑顔に、懐かしい顔が重なる。

溝口の主将。決してチームの主力ではなかったにも拘《かか》わらず、常に勝利に貢献し続けたあの男。

大声援に見送られて悠々と打席に向かう巽を見て、辺見が軽く土を蹴る動作をした。いらだっているのが手に取るようにわかる。

割れんばかりの声援。太陽さえ弾くような、きらびやかな金管の音。

それが不思議と一瞬、無音になった。そんなはずはないのに、始の耳からは音が消えた。

辺見が投げた、一球目だった。

キィン、と鳴った。

球場を覆う見えざる壁が砕けるような。あるいは、凱旋《がいせん》の鐘が高らかに鳴るような。おそろしく澄んだ音が、夏の空に高らかに響いた。

次の瞬間、それは割れんばかりの歓声にかき消される。白球は、まっすぐライト線を抜けていた。必死の形相の中松が、戦車のごとき勢いでホームに還る。そして焦った右翼手がクッションボールの処理に手間取っている間に、三枝も猛然と三塁を蹴る。コーチャーは必死に止めているのに、全く目に入っていないのか、いっさいためらわずホームを目指す。

強肩で知られる右翼手が、全身をバネのようにしならせてボールを投げる。中継なしの、素晴らしい返球。

アウトだ、と誰もが思った。

「うおりゃあ！」

三枝は、飛んだ。渾身のヘッドスライディングだった。

「あのバカ！」

悲鳴があがる。北園では基本的にヘッスラは禁止している。普通に駆け抜けるほうが早いし、なにより危険だ。ただ、気合いを入れるためにやる場合は、あまり咎《とが》めないようにはしている。

それをまさか本塁で、しかも投手が。ありえない。

だが、そのありえなさが功を奏した。キャッチャーも、まさか相手エースが吹っ飛んでくるとは思わなかったのだろう。カバーに入った辺見ともども、一瞬ぎょっとしたように三枝を見た。その一瞬が命取りだった。

ミットからボールが零《こぼ》れ、三枝の両手はホームに見事滑りこんでいた。

2―3。大歓声に、悲鳴じみた声がまじっていた。返球の隙に三塁まで進んだ巽のガッツポーズを見た後、マウンドにのろのろと戻る辺見を見やる。

――ああ、折れたか。

敵チームとはいえども、投手が心折れる瞬間を見るのは、辛いものだ。スコアではまだ英明がリードしている。それでもこうなってしまったらもう、立て直せない。北園の応援がマウンドを押し潰す。

予想通り、辺見の球には力が残っていなかった。次のタイムリーで同点、四球、内野安打、そして今日は全くいいところのなかった並木の走者一掃ツーベースで6―3。その裏、ヘッスラがたたったのか三枝は一点を失うが、結局6―4で北園が勝った。

次の準決勝清明館戦は、はるかに楽だった。私学四強の一角だし、非常に手強い相手だが、今の北園に怖いものはない。例によって先取点を取られはしたが、その裏に逆転し、そのまま3―2で勝利した。もはや、何かに憑《つ》かれているとしか思えなかった。

そして今日この日、とうとう決勝に辿りついた。

かつて自分が到達できなかった場所。

北園の野球部員たちにとっての悲願が、この先にある。

「もう二十年以上この仕事をやってるが、それでも未だに、君たちがもつ力に驚かされることがしばしばある」

試合前のわずかな時間、始はベンチに選手たちを集めて言った。

「高校生の爆発力はすごいってことは、わかってるつもりだった。身にしみて知ってるってな。だが、君たちはいつも、前に見たことよりさらにその上のものを見せてくる。はっきり言って今の君たちは、バケモンだ。きっと埼玉じゅうが、そう思ってるぞ」

彼の言葉に、選手たちが笑う。

ベンチ入りメンバー二十名。そして記録員。三年生は五人、二年生は十三名、一年生二人。みな等しく真っ黒に灼《や》けて、気合いの入った五分刈りだ。大会前にいっせいに刈った髪は少し伸びていたが、決勝を前に、昨日また全員で刈ったのだ。先にスタンドにいる面々が刈ってきたので、ベンチ入りメンバーも一緒に刈ってきたらしかった。

始を見る目は、みな輝いている。早く試合をしたくてうずうずしているのが、手に取るようにわかる。

なぁおい、信じられるか。この中に、「ハズレ」って呼ばれてた連中が何人もいるなんて。始は心の中で語りかける。過去の光景の中に息づく全ての自分に。こいつらをどう扱っていいかわからんと頭を抱えていた自分に。

「覚えておいてほしいのは、そのとんでもないものは全部、君たちが自分で生み出したってことだ。春の時点で、誰もこんなチームになるなんて予想してなかっただろう。君たち自身でもそうだろう。俺もな、正直言って予想してなかった。俺は、君たちのことをよく理解してなかった。そのかわりに君たちは、互いのことを理解して、きっちり支え合った。これは、大人になってもできる奴なんざほとんどいない。だから奇跡なんだ。君たちは、その奇跡をやり遂げた」

一人一人の顔を見つめる。どの顔も、まっすぐ目を見つめ返してくる。以前は自信なさそうに、あるいは不満そうにすぐに逸《そ》らしてしまう者も多かった。

「それは、今の三年生だけでも、二年生だけでも、一年生だけでも絶対にできなかっただろう。いいか、皆。北園史上最強の世代は、間違いなく君たちだ。それを、今から証明しにいこう」

何十年も北園高校に受け継がれてきた悲願。それをようやく果たせるチームが出来たと、高らかに宣言しにいくのだ。ずっとかなわなかった何百人の、いや何千人の祈りを、この子どもたちが今日、叶えてみせる。

「気負うことはないぞ。今まで通り、楽しんで遊んでこい。夏の祈りってのは、基本お祭りだからな。これが終われば、次は甲子園だ。最高の夏休みを過ごそう！」

「はい！」

明るい声が、唱和する。

輝くグラウンドに、審判たちが現れる。決勝の相手、埼玉学院チームのベンチでは、選手たちが今か今かと飛び出す瞬間を待っている。

彼らは今、どんな思いでこちらを見ているのだろう。そして試合が終わった後、それはどんなふうに変化しているだろう。

号令がかかる。

ベンチからいっせいに選手が飛び出した。

今日また、奇跡が始まる。

終

八月も、あと数日で終わる。

しかし残暑と蟬の声はいっこうにおさまる気配がない。

彼は汗を拭い、立ち止まった。少し歩いただけでこの汗だ。毎日あれだけ走り回って汗を流しているのだから、いいかげん体も適応して、歩いた程度では汗などかかないようになってほしいのに。

グラウンドは、昨日整備したままの、きれいな状態だ。今日は貴重な休みである。

今年は夏休みらしい夏休みがなかったので、新人戦が終わったこの半端な時期に、一日だけ休みが入った。

休みの前はあれもしようこれもしよう、いや宿題も片付けないととあれこれ考えていたのに、結局朝早くからグラウンドに来てしまった。なんだか落ち着かないのだ。入学以来ずっと野球漬けで、やっと自分たちの時代がやって来て、嬉しいのだが寂しいような——とにかく身の置き所がない。

誰かいればキャッチボールでもして、いなければ筋トレでもするか、と思いつつネットをくぐると、いきなり部室の扉が開いた。

出てきたのは、ベースボールシャツとハーフパンツに包まれた、一八〇近い大きな体。その上には、目がくりくりと丸く鼻も丸く、妙に幼い印象の顔が載っている。

「三枝、来てたのか」

「なんだ、しばやんか。さすが新キャプテン、まじめじゃん。俺は今日、葛巻《くずまき》さん来てくれるって連絡あったから」

「葛巻さんって……ああOBの」

たしか、社会人野球でも活躍した元投手だ。彼の同期には北園唯一のプロ野球選手宝迫《ほうさこ》がいて、一度指導に来てくれたこともあるのだが、三枝曰く「ああいうの、天才肌ってーの？　勉強にはなったけど、たまに感覚的すぎてわかんなかった」らしい。

その反面、葛巻の指導は非常に理論的にわかりやすかったのだそうだ。

柴矢から見れば三枝も充分天才肌で、何を言っているかわからないことがあるが、同じ天才肌どうし通じ合うわけでもないらしい。

「そうそう。このあいだ、テレビ見てたって電話くれてさ。そんでダメもとでお願いしたら、今週こっち戻る用事あるから、その時でいいならって」

三枝は心の底から嬉しそうに言った。

「気合い入ってんな」

「そりゃ入るっしょ。来年、百回記念大会だし。本番じゃん。けど今の俺の球じゃ全国じゃキツいって思い知ったしさ」

三枝は鼻歌を歌いながら、部室に隣接する倉庫へと入っていった。どうやら言われた通りのトレーニング道具を準備するらしい。

手伝おうか、と言おうとしたが、かえって邪魔かもしれない。とりあえずは着替えようと部室に足を踏み入れる。すると、ここにも先客がいた。

同じ二年生が四名。思わず顔を見合わせて笑う。

「おまえらさびしーな！　休みはちゃんと休めよ！」

「俺は三枝に呼ばれたんだよ。せっかくだから葛巻さんに教えてもらえって」

「律儀に来るとかえらいじゃん」

「そりゃま俺だっていい球投げたいしさー。しばやんはあそこに立ててたからいいけど」

賑《にぎ》やかに声を交わしながら、ロッカーがわりの棚へと向かう。その時、ふと奥の写真が目に入った。

入ってすぐ目につく、正面奥の窓の上。

そこには、色鮮やかな写真が飾られている。

北園のユニフォームに、揃いの赤いリボンのメダル。そして中央の小柄な主将は大きな楯を、隣の背が高い副将は真紅の旗を掲げていた。

誇りに輝く彼らの姿の下には、文字が刻まれている。

〝平成二十九年七月二十五日　県立北園高校野球部　第九十九回全国高等学校野球選手権埼玉大会　優勝〟

解説

大矢博子

スポーツを観《み》ていて、信じられないようなプレーや展開に鳥肌が立つ——という経験を何度か味わった。私にとってその鳥肌の最初の記憶は、一九七九年の夏の甲子園、延長十八回に及んだ星稜《せいりょう》対箕島《みのしま》戦だ。

伝説と言われる有名な試合なので、どういう内容だったかはここでは省くが、当時中学生だった私はこの一戦以来、すっかり高校野球に魅せられた。

まず大前提として、プロアマ問わず野球は面白い。だがプロならではの醍醐味《だいごみ》があるように、高校野球にしかない魅力も幾つかある。

たとえば、有名強豪私立もあれば文武両道の公立があったり、求道者のようなドラフト候補もいれば「楽しければそれでいい」という普通の高校生もいる、その幅広さ。ダメ選手が一冬越すといきなり好選手として開花するような、若者ゆえの劇的な脱皮を見る驚き。試合展開に、成長途上のメンタルが大きく関わってくる不安定さ、などなど。

だが、高校野球を感動的なものにしている最大の要因は、〈タイムリミット〉だ。どんな選手にも公平に〈三年〉という限りがあり、スター選手であっても無名校の補欠であっても平等に〈最後の夏〉が来る。そして、そこを通り過ぎた者たちは皆、そのタイムリミットがどれほど残酷かを知っている。同時にどれほど熱く、忘れがたいものかを知っている。それが高校野球の――高校野球小説の背骨である。

ここをきちんと押さえた高校野球小説には傑作が多い。正統派なら堂場瞬一『大延長』（実業之日本社文庫）、青春モノなら三羽省吾『イレギュラー』（角川文庫）や五十嵐貴久『1985年の奇跡』（双葉文庫）といったあたりが代表格だろう。

そこにまたひとり、強力な書き手が加わった。高校野球の魅力を十全に知り尽くし、さまざまな観点を織り交ぜて、正統派にして青春モノとしても優れた、高校野球のドラマを描ける書き手だ。

それが、須賀しのぶである。

本書『夏の祈りは』は、須賀にとって四冊目の高校野球小説の単著だ。これまで『雲は湧《わ》き、光あふれて』『エースナンバー』『夏は終わらない』（いずれも集英社オレンジ文庫）のシリーズ短編集三冊を上梓《じょうし》し、アンソロジー『マウンドの神様』（実業之日本社文庫）に「甲子園に帰る」が収録されている（なお、社会人野球がモチーフの幻冬舎文庫『ゲームセットにはまだ早い』もある）。

これまでの須賀の作品は、選手の物語のみならず、高校野球を報道する新聞記者の話や、戦時中の高校（当時は旧制中学）野球を扱ったものなど、試合やプレーだけでない包括的な〈高校野球の物語〉を描いてきた。

翻《ひるがえ》って本書は、ひとつの高校に舞台を固定した初の連作長編だ。その構成が面白い。埼玉県の県立北園高校野球部を描いているのはどれも同じだが、第一話は一九八八年、第二話は一九九七〜九八年、第三話は二〇〇八年、第四・五話は二〇一七年と、ほぼ十年おきの北園高校クロニクルになっているのだ。

昭和最後の年を描いた第一話「敗れた君に届いたもの」で、北園高校野球部が背負った悲願が説明される。昭和三十三年の県大会準優勝がこれまでの最高実績で、あと一歩まで迫った甲子園に届かなかった先輩たち。そんなOBから発破をかけられプレッシャーを与えられ、キャプテンの始《はじめ》は鬱陶《うっとう》しく思いながらも甲子園を目指して県大会準決勝に挑む。ここで描かれるのは、キャプテンという立場にある者の懊悩《おうのう》と後悔だ。

その十年後の第二話「二人のエース」では、協調性とコントロールに難があった嫌われ者の二番手投手が突然化けて頭角を現し、それまでのエースが焦《あせ》りから調子を崩す。誰かに脚光があたればどこかに影ができるという残酷な現実。

第三話「マネージャー」は、タイトル通り野球部のマネージャーの話だ。怪我《けが》で練習を離れている期待のスラッガーが、女子マネの仕事を手伝いたがる。部内で一段低く見られている〈女子マネ〉の悩みを描きながら、適性とは何かを掘り下げた一編。

第四話「ハズレ」は、予想外に健闘した三年生と、翌年の全国高校野球選手権大会第百回記念大会を見据えて集められた〈期待の一年生〉に挟まれた〈ハズレの学年〉の物語だ。自分たちよりできる後輩にベンチ入りの座を譲るべきだろうが、自分たちだって〈最後の夏〉を戦いたいというジレンマ。

そして、ここまで描いてきたすべてが第五話「悲願」に結実する。

秀逸なのは、どれも高校野球に限らない普遍的なテーマを、高校野球でしか表現できない設定を通して、野球好きにもそうでない読者にも訴えかける物語にしているという点だ。自分とは直接関係ない〈伝統〉を背負わされる重圧、ライバルへの嫉妬《しっと》、女性差別、年下の者に追い抜かれる悔しさ。そういったものを彼らは苦しみ、迷いながら、ひとつずつクリアしていく。その力強さと言ったら！

そこには、前述した〈タイムリミット〉が大きく関わってくる。笑っても泣いても、頑張ってもサボっても、三年間しかない。そのタイムリミットが、彼らを悩ませ、駆り立て、そして決断させる。失敗しても、もう取り返せないという厳然たる事実。社会に出れば、これほど明確なタイムリミットに縛られることはあまりない。だからこそ彼らの一瞬一瞬はきらめき、読者の胸に刺さるのである。

では、これは三年間だけの物語なのか？　答えは「否《いな》」だ。

確かに、三十年前のキャプテンも、二十年前のバッテリーも、十年前のマネージャーも、卒業してしまえば終わりだ。だが、話が進むにつれて読者は気づくだろう。あの人物が、監督として母校に帰ってきている。あの選手が、トレーナーとして選手を治療している。

確実に、繋《つな》がっている。積み重なっている。思いは連綿と受け継がれている。

三十年前のキャプテンは二十年後、三十年後の後輩に「悲願」を伝え、後輩たちは皆、彼と同じ重圧にさらされながらも、時には彼と同じように、また時には彼とは違う方法で、その重圧に立ち向かう。そしてまた、後輩へと「悲願」を伝えていく。

高校は確かに三年間だけだ。〈最後の夏〉は一生に一度だ。けれどその〈最後の夏〉

は、何度も繰り返される夏でもある。

須賀が本書を十年毎《ごと》のクロニクルにした理由は、これだ。積み重なっていくもの。受け継がれていくもの。これが高校野球にしかない、最大の魅力なのだ。須賀が他の著作で、戦時中の旧制中学の野球部を描いたり、満州での野球部を描いたりするのも、積み重なり受け継がれてきた一片だからだ。選手ではなく女性記者や女子マネージャーを描くのは、選手にはなれない者でも確実にその一片を担《にな》っているからだ。それを須賀しのぶは「祈り」という見事な一言に凝縮させた。

高校野球は個人のドラマであり、チームのドラマであり、それを愛するすべての人にとってのドラマであり、歴史のドラマなのである。

冒頭に書いた、星稜対箕島の伝説の一戦。数年後、箕島高校の嶋田宗彦捕手は阪神タイガースに、星稜高校の音重鎮《おとしげき》外野手は中日ドラゴンズに入団した。そして両者は再び相見《あいまみ》えた。阪神の本拠地である、あの甲子園球場で。胸が震えた。

一方、その一戦で〈世紀のファールフライ落球〉を見せた星稜の一塁手は後にセールスマンとなり、「あそこで落球した一塁手」と名乗ることで顧客の心を摑《つか》んだという。そこに至るまでどれほどの葛藤《かっとう》があったことだろう。想像を絶する。

それらも皆、積み重なった一片だ。

そんな先達を見て、多くの球児たちが今日も甲子園を目指している。

高校野球は三年間のドラマだ。だが決して、三年間だけのドラマではない。

高校野球は選手の物語だ。だが決して、選手だけの物語ではない。

須賀しのぶは、そんな高校野球の魅力をさまざまな手法で伝えることのできる新たな伝道師だ。高校野球というものに対する深い愛情と、それを物語にする技術の、両方を兼ね備えた作家である。

野球小説が好きなら、須賀しのぶの名前は覚えておいた方がいい。きっと、ジャンルを代表する書き手になるに違いないから。

（平成二十九年六月、書評家）

〈初出〉
「yom yom」vol. 41〜45
本書は文庫オリジナルです。

夏《なつ》の祈《いの》りは

新潮文庫　す－27－3

平成二十九年八月一日発行

著者　須《す》賀《が》しのぶ

発行者　佐藤隆信

発行所　株式会社　新潮社

郵便番号　一六二―八七一一
東京都新宿区矢来町七一
電話　編集部(〇三)三二六六―五四四〇
読者係(〇三)三二六六―五一一一
http://www.shinchosha.co.jp

価格はカバーに表示してあります。

乱丁・落丁本は、ご面倒ですが小社読者係宛ご送付ください。送料小社負担にてお取替えいたします。

印刷・大日本印刷株式会社　製本・株式会社植木製本所

ISBN978-4-10-126973-3 C0193